Bibliotec

CW01573432

CASSOLA in BUR

La casa di via Valadier

Un cuore arido

La disavventura

Fausto e Anna

Gisella

Monte Mario

Paura e tristezza

La ragazza di Bube

Il soldato

Il taglio del bosco

Troppo tardi

Un uomo solo

Carlo Cassola

Troppo tardi

BUR

SCRITTORI CONTEMPORANEI

Proprietà letteraria riservata
© 1975 RCS Rizzoli Libri S.p.A., Milano
© 2004 RCS Libri S.p.A., Milano

ISBN 88-17-00132-5

Prima edizione: gennaio 1975
Prima edizione BUR Scrittori Contemporanei: gennaio 2004

NOTA DELL'AUTORE

Troppo tardi *ha avuto una lunga storia. Racconterò la conclusione.*

L'avevo terminato nel '71: pensavo di pubblicarlo l'anno dopo. Ragioni extraletterarie m'impedirono di farlo.

Nel corso del '72 mi avvenne di scrivere Monte Mario. *Mi sembrò più nuovo rispetto agli altri romanzi; gli diedi la precedenza nella pubblicazione.*

Quella di Troppo tardi *fu rimandata al '74. Nel corso del '73 scrissi* Gisella. *Si riallacciava a* Monte Mario; *logico che venisse pubblicato subito dopo.*

Ai primi del '74 ho cominciato un romanzo dal titolo L'antagonista. *Sarà il mio romanzo più lungo; credo anche il mio migliore. Appena pronto desidererò che venga pubblicato al più presto.*

Ho quindi visto sfumare progressivamente la possibilità di far uscire Troppo tardi. *Mi ha tratto d'imbarazzo la proposta della casa editrice di pubblicare il romanzo direttamente in edizione economica.*

Mi sono diffuso su questa vicenda perché mi sembra istruttiva.

Negli ultimi anni da parte dei sociologi si è parlato molto delle malefatte dell'industria culturale. Se n'è parlato a sproposito.

Si è detto che l'industria culturale sprona gli autori a scrivere troppo. È vero il contrario. Uno non ce la fa a pubblicare tutto quello che vorrebbe. Io non sarei mai riuscito a pubblicare Troppo tardi *se non mi si fosse presentata l'occasione dell'edizione economica.*

L'industria editoriale contrasta il legittimo desiderio di un autore di vedersi pubblicato. Al più gli consente l'uscita di un romanzo all'anno.

*L'industria editoriale fa di peggio. Ragiona in questo modo: «A*** e B*** sono i miei autori di successo. Se quest'anno faccio uscire un libro di B***, non posso farne uscire uno di A***. Si danneggerebbero a vicenda».*

*Il povero A*** o il povero B*** deve aspettare il suo turno. Può anche darsi che lo perda, com'è accaduto a me con* Troppo tardi.

Un nuovo Balzac non troverebbe un editore che facesse al caso suo. Balzac di romanzi ne scriveva tre o quattro l'anno; e trovava da pubblicarli.

So di scandalizzare coloro che mettono sotto accusa gli scrittori prolifici. Sono sotto accusa anch'io: da alcune parti si fa dell'ironia sul mio romanzo, pardon, sul mio romanzetto «annuale».

Mi sembra un'accusa ridicola. C'è niente di più ridicolo che imputare a uno scrittore di scrivere?

Purtroppo la sociologia sta soppiantando la critica letteraria. Non si guarda più al valore di un libro, ma al fatto che venga subito dopo un altro o che abbia avuto successo. In quest'ultimo caso la condanna è sicura. Scrittori senza successo asseriscono seriosamente che il successo è un'onta incancellabile.

Sono stato anch'io per molti anni uno scrittore senza successo. Ma non m'è mai venuto in mente di stabilire l'equazione successo=demerito. La storia della letteratura sarebbe stata lì a smentirmi con diecine di esempi.

La storia della letteratura presenta tutt'e due i casi: scrittori di valore che hanno avuto successo subito; altri che sono stati a lungo misconosciuti. Se ne deve dedurre che il successo o l'insuccesso non rappresentano un'indicazione letteraria.

Allora, perché tenerne conto? Non lo capisco proprio. La critica, che si occupa del valore o della mancanza di valore di un libro, assolve un compito utilissimo. La sociologia, che si occupa del suo successo o del suo insuccesso, svolge un'indagine completamente inutile.

C.C.

TROPPO TARDI

CAPITOLO PRIMO

IL PRIMO ANNO A ROMA

Appena la donna gli ebbe aperto, Giorgio gridò che voleva merenda e, lanciato via il berretto, si precipitò in salotto. Qui si fermò di colpo vedendo, oltre alla mamma e alla sorella, lo zio Mario.

« Giorgio! Vieni qua! Sei cresciuto dell'altro! » Giorgio stava zitto. « E dimmi: ti dispiace di aver lasciato Padova? »

« No » rispose Giorgio.

« A me sì, invece » intervenne la sorella. « Io non mi ci posso vedere, a Roma. »

« Questa mi fa proprio disperare » disse la mamma. « Intendiamoci, anch'io sono stata dispiacente di lasciar Padova, dove avevamo ormai il nostro ambiente... » Il fratello le disse una parolina all'orecchio. « Oh, per quello! » esclamò la mamma ridendo. Rimase un momento in silenzio come se non ritrovasse il filo del discorso: « Ah, vedi cos'è, Mario, Anna non va più a scuola e quindi non sa mai che fare. Te lo dicevo, no, testa dura, la scuola oltre tutto è una distrazione. »

« Che c'entra questo? » saltò su Anna. « Anche a Padova l'altr'anno non andavo più a scuola. »

« Giorgio fa la terza? » domandò lo zio.

« La terza » confermò la mamma avvolgendo Giorgio in uno sguardo amoroso. « Dapprima avevamo paura che in una scuola nuova si trovasse male... invece s'è subito ambientato. È già uno dei primi... meno che in Italiano.

L'Italiano a dire il vero non è mai stato il suo forte. »

« È che ho la disgrazia di avere quella professoressa » disse Giorgio. « Non le va mai bene come faccio un tema. Vorrebbe che scrivessi un sacco di stupidaggini. È così è così » gridò per impedire alla mamma di parlare. « Le donne non si sa mai come contentarle. »

« Per riuscire in Italiano bisogna leggere molto » sentenziò Anna. « E tu, più che i fascicoli dell'*Intrepido*, non leggi niente. »

« E tu, allora? » reagì Giorgio. « Leggi solo quelle stupidaggini dell'amore. Guarda da chi devo sentirmi far la morale. »

« Stai zitto, ignorante. »

« Zitta stacci tu che hai dovuto lasciare la scuola da quanto eri somara. »

« Guarda che ti prendi uno schiaffo. »

« Smettetela » intervenne la mamma. « Bella figura ci fate, anche davanti allo zio. »

« È stato lui a cominciare. »

« Non è per niente vero. E poi tu sei più grande: dovresti avere un po' di giudizio. »

« Tu prendi sempre le sue parti » le rinfacciò Anna.

« Io non prendo le parti di nessuno. Io dico che dovreste andar d'accordo e non mettervi a litigare ogni cinque minuti... »

« Ma certo che vanno d'accordo » disse lo zio, conciliante. « Queste sono cose da ragazzi, non è il caso di darci peso. » Guardava sorridendo i nipoti e alla fine non poté trattenersi dal dire: « Come sono diversi... non sembrano nemmeno fratelli ».

Giorgio era biondo, con gli occhi chiari, il naso all'insù, la bocca che pareva lo spacco di un salvadanaio. Anna aveva i capelli castani, gli occhi scuri, il naso piccolo, la bocca carnosa. Né sul viso di lei c'era mai stata traccia di quella semola che solo con l'età doveva sparire dal viso del fratello.

« È che Giorgio ha preso da suo padre, mentre Anna dalla nostra famiglia » spiegò la mamma.

« Bene » disse a un certo punto lo zio. « Mi ha fatto piacere rivederti, ma ora, cara, bisogna che me ne vada. »

« Io speravo che ti saresti trattenuto per lo meno a cena. »

« Non posso proprio. Ho un appuntamento in centro e alle dieci mi parte il treno. »

« Che idea viaggiare di notte. Potevi restare qui da noi: ti avrei accomodato alla meglio... »

Lo zio scosse la testa:

« Domani devo essere a Padova. Vieni con me, Anna? ».

« Magari. »

Appena lo zio se ne fu andato, Giorgio reclamò subito la merenda.

« Cosa vuoi far merenda che tra poco si va a cena » disse la mamma.

Giorgio cominciò a strepitare e la mamma dovette cedere: « Per questo qui tutte le ore sono buone per mangiare » e gli fece una carezza. « Via, di' alla donna che ti prepari una fetta di pane e burro. Ma piccola, eh. »

« No, grande. Grandissima » gridò Giorgio scappando in cucina.

La serata finì in modo burrascoso. La visita dello zio aveva messo Anna di malumore. Mentre il fratello sbocconcellava il pane, lei ricominciò i soliti discorsi, che a Roma non ci si poteva vedere e che voleva tornare a Padova.

« Parto » disse « parto subito, domattina col primo treno. »

« Sei proprio stupida » commentò Giorgio. « Come fai a partire da sola? »

« È semplice: vado alla stazione e prendo il treno. »

« E chi te li dà i soldi per il viaggio? »

« Con quelli che ho da parte. »

« Ne devi aver molti » disse Giorgio « che li spendi tutti in stupidaggini. »

« Allora li rubo dal borsellino di mamma. E domattina prendo il primo treno e domani sera sono a Padova. »

« E a Padova dove vai a dormire? E come fai per mangiare? »

« Dalla zia Betta. »

« Figurati se la zia Betta ti vuole. »

« Allora dalla signora Maggi. »

« Tu non andrai da nessuna parte. Tu starai qui. »

« Io qui non ci sto più nemmeno un giorno. »

« Io lo so perché vuoi tornare a Padova » disse improvvisamente Giorgio. « Perché ci hai l'innamorato. »

« Zitto, stupido » fece la sorella, preoccupata che lo sentisse la mamma.

« È vero è vero » si mise a gridare Giorgio. « Era Nino. Proprio, Nino. »

Corse di là a ripeterlo alla mamma. Questa non gli diede retta, ma Anna si mise a strillare come un'ossessa, si chiuse in camera e ce ne volle per farla uscire prima dell'arrivo del padre, a cui quelle scene non sarebbero andate a genio.

A Roma Anna non aveva conoscenze, perciò stava molto in compagnia del fratello. Non che andassero troppo d'accordo. All'occasione Anna non si peritava di appiccicargli qualche sonoro schiaffo; né lui se li teneva. Una volta le tirò i capelli così forte da farla piangere.

La fonte più frequente di litigi era la scuola. Giorgio umiliava la sorella dimostrando di saperne più di lei in Matematica, Storia, Geografia e Francese (il Latino, Anna non lo aveva studiato). Lei si stizziva, strillava e piangeva. Ancora in lacrime, andava a guardarsi nello specchio, cambiava pettinatura, provava a tingersi le labbra.

I primi tempi, quando uscivano, era per andare al cinema o a mangiare qualche ghiottoneria; o anche solo per fare una passeggiata. Via Cola di Rienzo era tutto un seguito di negozi. Anna non ci andava volentieri. Guardare le vetrine non era ancora una distrazione per lei. I giornali illustrati li comprava per le novelle, non per la moda. I vestiti, era la mamma che glieli sceglieva. Invece Giorgio faceva le compere da sé. Passeggiando per Via Cola di Rienzo, era più facile che fosse lui a fermarsi davanti a una vetrina.

A volte si spingevano fino alla Farnesina, dove c'era sempre qualcosa da vedere, un saggio ginnico o un allenamento sportivo. Ben presto scoprirono lo spiazzo libero tra le ultime case del quartiere e la collina dell'Osservatorio, teatro di accaniti incontri di calcio che mettevano in pericolo l'incolumità delle bambinaie spintesi fin là a prendere il sole.

Subito il primo giorno Giorgio trovò compagnia. Stava con le mani affondate nelle tasche del paltoncino a pochi passi dalla sorella e guardava un gruppo di ragazzi che mettevano su una partita a « guerra »: quando il più grande, uno che portava già i calzoni lunghi, gli domandò se sapeva giocare, Giorgio rispose di sì, e fu messo nell'altra squadra. La sproporzione tra le due squadre era considerevole, il ragazzo grande essendo troppo superiore. Giorgio era poco bravo, ma si batteva con puntiglio. Il ragazzo grande lo superava con facilità, lui però non smetteva un momento di ostacolarlo; in ultimo la sua tenacia fu premiata, perché gli riuscì fermarlo mentre stava per fare il punto, salvando così la sua squadra dalla sconfitta. Al ragazzo grande la cosa non andò giù e minacciò di picchiarlo.

« Ma va là » fece Giorgio, e rivolgendosi agli altri: « Vuole aver ragione per forza ».

Imbruniva. Anna raccolse la roba e chiamò il fratello. Giorgio si fece un po' pregare. Finalmente Anna riuscì a infilargli il paltoncino. Fuori di casa era contenta di far la parte della sorella maggiore: si preoccupava che Giorgio non si mettesse nei pericoli, non prendesse fresco e non si insudiciasse.

« Aspettami. Fammi appoggiare. » Con una mano si appoggiava alla sua spalla e faceva attenzione a dove posava i piedi, perché aveva i tacchi alti e il terreno era a gobbe.

Due o tre volte Giorgio s'era girato a gridare parole di sfida ai compagni. Da ultimo si liberò della sorella con uno strattone e, raccattato un sasso, lo scagliò fulmineamente contro il gruppo. Un ragazzo, per scansarlo, cadde all'indietro. Anna temette che fosse stato colpito e fece qualche passo verso di lui. Il ragazzo si rialzò prontamente.

« Ti sei fatto male? » gli domandò Anna premurosa.

« No no » rispose il ragazzo. Era diventato rosso.

« Che brutta mania è questa di tirarvi i sassi » disse ancora Anna. Continuava a far la parte della persona grande. « Non lo sapete che è pericoloso? Una sassata che colga proprio nella tempia, si rischia di andare all'altro mondo. »

La sassaiola aveva condotto Giorgio e gli altri lontano. Il ragazzo era rimasto vicino a lei.

Gli domandò come si chiamava.

« Ferruccio Fila. »

« Abiti da queste parti? »

« In Via Mirabello. »

« Noi stiamo al Viale Angelico. Ma non siamo romani. Siamo veneti. »

« Nemmeno noi siamo romani » disse il ragazzo; ma non aggiunse altro.

Giorgio tornò ridendo con la bocca larga e i denti aguzzi come quelli di uno squalo. Lasciò che la sorella gli ravviasse i capelli. S'era quietato, e poterono incamminarsi. Il ragazzo li seguiva a due passi di distanza. Arrivati sulla strada, si portò alla loro altezza, disse: « Buonasera », e corse avanti.

« Quello per poco non ci faceva perdere » commentò Giorgio. « Che gioca a fare, se non è capace? »

« È un ragazzino educato, invece » disse Anna. « Dovresti farci amicizia. »

« Ti occupi dei fatti tuoi? »

Due o tre volte Anna si provò ad allungare il passo; ma insensibilmente tornava a camminare adagio. Era ormai buio. Dall'interno della latteria la luce si spandeva sul marciapiede: Anna si rammentò che la mamma s'era raccomandata che prendesse il latte. Lei aveva speso i soldi per comprarsi un giornale illustrato. Chiese aiuto a Giorgio: che aveva solo venti centesimi. Le consigliò di pagare l'indomani: ma Anna disse che le seccava.

« Uh, la nobildonna » fece Giorgio.

Un giovanotto s'era fermato a guardarla.

« S'è fermato a guardarti » disse Giorgio sottovoce.

« Carina; proprio carina » si udì la voce del giovanotto alle loro spalle.

« Dice a te » fece ancora Giorgio.

« Occupati dei fatti tuoi. » Arrivata all'angolo del viale si fermò: « Perché non ci vai tu a prendere il latte? »

Giorgio fece un po' di resistenza; alla fine acconsentì. Tornando, disse:

« Non c'è mica niente di male a non pagare. »

« Ma tu sei un ragazzo. I ragazzi si sa che sono senza soldi. »

« E tu cosa sei, allora? »

« Io ho quasi sedici anni. Sono una signorina. Ci sono già i giovanotti che mi stanno dietro. »

« Si vede che non hanno niente di meglio da fare » commentò Giorgio.

Anna si irritò:

« Non so proprio perché perdo il tempo a parlare con un bamboccio come te ». Cominciò a lamentarsi della propria sorte: « Guarda come sono disgraziata. Non conosco nessuno e non posso andare in nessun posto. Avessi avuto un fratello più grande, mi avrebbe fatto da cavaliere... »

« Io non te l'avrei fatto davvero da cavaliere » disse Giorgio. « Se fossi più grande, non uscirei con te nemmeno una volta. »

« Ti ringrazio, sei proprio gentile. »

« Quando sarò un giovanotto, te lo puoi scordare che ti accompagni. »

« Quando sarai un giovanotto, io avrò già il fidanzato e non me ne importerà un bel nulla se non mi accompagni. »

A casa non c'era nessuno e Anna preparò la merenda per tutti e due. Rimproverò Giorgio perché stava leccando il burro:

« Guarda che non te ne do più; poi ti tocca mangiare il pane solo ».

« Ti riesce occuparti dei fatti tuoi? »

Ormai Giorgio aveva trovato dove passare le ore di svago e tutti i pomeriggi andava là, solo o con la sorella. Anna si portava un seggiolino pieghevole: lavorava a maglia o leggeva un giornale illustrato. I giornali illustrati di Anna, a base di novelle, fotografie di attrici e figurini di moda, avevano il potere di indisporre Giorgio, che a volte glieli sequestrava e la faceva ammattire prima di ridarglieli.

Una sera, durante l'ultima mezz'ora, Anna si unì ai ragazzi. Giocavano a « caccia ». Anna era costretta a muoversi con circospezione: se il gioco fosse andato normalmente, sarebbe toccato sempre a lei far da cacciatore, ma nessuno osava toccarla.

Solo Giorgio non aveva riguardi. Appena fu il suo turno, la rincorse e le diede una gran botta sulla schiena. A sua volta Anna si mise a inseguire il fratello. Non badava più ai tacchi alti e in un batter d'occhio gli poté restituire la botta. Poi si mise al sicuro prendendo per mano Ferruccio.

« Lasciala » intimò Giorgio.

« No che non mi lascia » rispose Anna.

« Lasciala lasciala » gridava Giorgio.

« Vero che non mi lasci? » disse Anna al ragazzo.

« Non la lascerò mai » rispose Ferruccio.

Anna si mise a ridere. Fece uno sberleffo al fratello; lo canzonava:

« Giorgino, poverino. »

« Antipatica » disse Giorgio stizzito.

Anna seguiva attenta le vicende del gioco e nei momenti più emozionanti gridava e stringeva forte la mano al ragazzo.

Nei giorni seguenti tornò ad appartarsi. I ragazzi nemmeno osavano salutarla.

Un pomeriggio Giorgio non vide gli abituali compagni di gioco. Si mise a cercarli, e li trovò in fondo allo spiazzo, in una specie di buca. Ce n'era anche uno nuovo, con gli occhiali, molto più grande.

« Che ci fate lì? Perché non si va a giocare? »

Il ragazzo con gli occhiali lo guardò con disprezzo. Si mise in bocca una sigaretta, l'accese con un fiammifero da cucina e dopo un paio di boccate la passò a un ragazzo in tuta da meccanico. Quello accettò, forse per non essere da meno dei calzori lunghi della tuta, che gli davano l'aspetto di un giovanotto in miniatura. Passando di mano in mano la sigaretta arrivò a Giorgio: che fece segno di no con la testa. Il ragazzo con gli occhiali gli domandò se aveva mai fumato. Giorgio rispose un'altra volta di no. Quello allora insisté perché provasse:

« Hai paura che qualcuno ti veda? »

« Ha paura che lo veda la sorella » disse un ragazzo che stava seduto proprio sopra di lui.

« Taci » si voltò a gridargli Giorgio. « Sei un bugiardo. »

« Quanti anni ha tua sorella? » domandò il ragazzo con gli occhiali.

« Due più di me » rispose Giorgio.

« E cioè? »

Giorgio non gli rispose.

« È una bellezza » fece quello sopra.

« Via! » gridò Giorgio. « Leva i piedi di qua. »

Il ragazzo cambiò posizione, dopodiché disse che lui non aveva sorelle, ma che gli sarebbe piaciuto averne. Un suo amico che ne aveva due grandi guardava sempre dal buco della serratura quando andavano al gabinetto.

« Ohé » fece Giorgio « c'è qualcuno qui che avrebbe bisogno di andarci, al gabinetto. »

« Io non sono stato » disse quello arrossendo.

« Ah! che grato odore » esclamò Giorgio.

Il ragazzo con gli occhiali raccontò una storiella sporca. Risero tutti, eccetto Giorgio.

« Lui non ha capito » disse il ragazzo con gli occhiali.

« Ma sì che ho capito. »

« Allora spiegacela. »

« Ma stai zitto » rispose Giorgio « stai zitto che è meglio. »

« Ehi, *piccirillo* » fece quello minaccioso.

Giorgio replicò dandogli dello stupido.

« Chi è stupido? » fece quello con aria sempre più minacciosa.

« Tu sei stupido » rispose Giorgio. « Stupido come un cane. »

In quel momento fu chiamato dalla sorella. Si alzò e le disse che era ancora presto.

« Vieni lo stesso. »

« Vai che è meglio » disse il ragazzo con gli occhiali.

« Vado perché devo andare » ribatté Giorgio.

Aveva capito che era successo qualcosa, ma non fece

domande alla sorella. Due giovanotti in piedi poco distante parlavano e ridevano: forse erano stati loro a darle noia.

Fecero tutta la strada in silenzio. Al momento di entrare in casa Giorgio si fermò e disse:

« Al campo insieme con me, non ci devi più venire ».

Giorgio aprì l'armadio e mostrò all'amico le cose a cui teneva di più: il meccano, i pattini a rotelle e gli sci. C'era anche una pompa.

« Hai la bicicletta? »

« Certo. Ma la tengo di sotto. » Disse che si divertiva di più a Padova dove aveva la compagnia: facevano gite in bicicletta, giocavano a calcio... Gli dispiaceva soprattutto per lo sci: « A Padova i campi di neve sono vicini, ci andavamo tutte le domeniche ».

« Veniva... anche tua sorella? »

« Veniva anche lei, sì... ma si stancava subito. Le donne sono uno strazio » aggiunse a mo' di spiegazione.

Gli fece vedere i libri, allineati su uno scaffale. I romanzi d'avventure erano mescolati coi libri di scuola.

Alla fine gli disse:

« Io e te, dobbiamo fare il patto di non tradirci mai. Hai capito cosa intendo dire? Se io ti confido un segreto, o se tu vieni a sapere una cosa di me, non devi rivelarlo a nessuno. Io naturalmente farò lo stesso con te. Allora? Giuri o non giuri? ».

Ferruccio giurò, benché non capisse bene l'importanza dell'impegno che si assumeva.

« Tra noi due, invece, non devono esserci segreti » continuò Giorgio. « Qualunque cosa tu venga a sapere, devi venire subito a dirmela. A Padova avevo costituito una banda » aggiunse. « Avevamo anche il distintivo. Di' un po', conosci un rilegatore? »

« Che cosa? »

« Una bottega dove rileghino i libri. Vorrei far rilegare questi che ho avuto per Natale. »

« A me i regali li fanno per la Befana » disse Ferruccio.

« Lo so che a Roma c'è quest'uso. »

« Giorgio! » chiamò una voce dall'altra stanza.

« Allora? Lo conosci o no l'indirizzo di un rilegatore? »

« Giorgio! » chiamò nuovamente la voce.

« Rispondi » disse Ferruccio.

« È quella stupida di mia sorella » fece Giorgio con noncuranza. « Lascia che si sgoli. »

L'uscio si spalancò e comparve Anna:

« Sei sordo che non rispondi? ».

« Che cosa vuoi? »

« Mamma mi ha lasciato l'incarico di prepararvi la merenda. Che cosa volete? »

« Oh, per me non importa che si disturbi » si affrettò a dire Ferruccio.

« Per me... lasciami pensare. »

« Sbrigati, non ho tempo da perdere. Devo uscire. »

« Per andar dove? »

« Non è una cosa che ti riguardi. Allora? » E vedendo che Giorgio non rispondeva: « Preparo pane e burro per tutt'e due. Ve lo lascio in cucina », e richiuse l'uscio.

« Eh » sospirò Giorgio « è una bella noia avere una sorella. »

« Perché? »

« Così, viene sempre a ficcare il naso nei tuoi affari. E poi le ragazze sono stupide, chiacchierano, ridono... E quando ci vai fuori insieme, c'è sempre qualche giovanotto che ti si mette alle calcagna. Bel gusto ci dev'essere ad andar dietro a una gonnella » e rise.

« Io pensavo che fosse una bella cosa avere una sorella » disse dopo un po' Ferruccio. « La tua poi è così gentile... »

« Lo dici perché non la conosci. È una vipera, ecco cos'è. Non lo dico solo io, lo dice anche mamma... » Aggiunse: « Disgraziato chi la sposerà ».

Ferruccio non osò contraddirlo.

Anna s'era trovata un'amica: una ragazza che abitava al piano di sotto. Non passava giorno senza che le due ragazze si vedessero. In genere era Virginia che saliva da lei.

Giorgio canzonava la sorella. Le diceva:

« Come mai oggi la tua inseparabile amica non s'è ancora fatta vedere? ».

Oppure:

« Perché la tua amica non si aggiorna? Le trecce, mica usano più. Le portava giusto la vispa Teresa ».

In seguito smise. Quando le due ragazze erano in salotto, capitava subito anche lui, e facendo finta di niente stava ad ascoltare i loro discorsi. Indispettita, Anna prendeva per mano l'amica e la conduceva in camera sua, sbattendo l'uscio in faccia al fratello.

Ora era lei a stuzzicarlo:

« Tu la prendi tanto in giro, ma mi sono accorta che ti piace ».

Giorgio fu preso da un'ira spaventosa: Anna dovette scappare in camera e chiudercisi a chiave.

Anche la mamma stava molto con le due ragazze. Un giorno s'era messa a far le carte a Virginia. Assisteva anche Giorgio.

« Io non ce l'ho mica l'innamorato » disse Virginia.

« Ssst » fece la mamma. « Non m'interrompere. Le carte per tua regola non mentiscono mai. Lo vedi che è uscito il fante di cuori? Vuol dire che quest'innamorato c'è. »

« E come ha fatto a sapere che è biondo? »

« Perché accanto c'è una carta rossa. Fosse stato fiori o picche, sarebbe stato bruno. »

Virginia scosse la testa:

« Io non conosco nessun biondo ».

Intervenne Anna:

« Come, non conosci nessun biondo? Guarda Giorgio: più biondo di così... ».

Virginia fece per dir qualcosa, ma Giorgio la prevenne:

« Stai zitta, hai capito? » gridò alla sorella. « Stupida imbecille cretina che non sei altro ».

Anna lo guardò sorridendo:

« Hai paura che riveli il tuo segreto? Stai tranquillo che non dico nulla... ».

« Sei una cretina, una vigliacca e una schifosa. »

« Giorgio » lo rimproverò blanda la mamma.

Sempre sorridendo, Anna si rivolse all'amica:

« Lo sai che fino a poco tempo fa Giorgio faceva la pipì a letto? ».

« Bugiarda » gridò Giorgio. « Vigliacca, porca, vedrai cosa ti faccio. »

« Parla meglio, sudicione. »

La mamma s'era levata gli occhiali:

« Smettetela » intimò picchiando il palmo sul tavolo. « Vergognatevi. Stasera lo dico a papà. Tu, fila a studiare » e Giorgio le obbedì prontamente. « Quanto a te, devi smettere di canzonarlo. »

« E tu devi smettere di proteggerlo. »

« Si risponde così a tua madre? » La fissava minacciosa. Nel frattempo la povera Virginia non sapeva da che parte guardare.

Per fortuna la burrasca durò poco. La madre si rimise gli occhiali e finì di fare le carte a Virginia. Dopodiché, le fece anche a Anna.

Dalla prima stesa, non venne fuori nulla. Dalla seconda, nemmeno. Alla terza il fante di cuori fece la sua comparsa. Anna si mise a battere le mani dalla contentezza:

« Allora ce l'ho anch'io l'innamorato ».

« Stai zitta, ho bisogno di concentrarmi. »

Anna era impaziente:

« Com'è? Dimmelo, presto ».

« È bruno; non lo vedi che c'è accanto la picche? »

« Allora è vero davvero » esclamò Anna, e cominciò a saltare per il salotto.

« Le carte dicono sempre il vero » ripeté la mamma. Si levò gli occhiali e scrutò impensierita la figliola: « Non dici mica sul serio? ».

Quasi ogni settimana Anna e Virginia andavano al cinema con Giorgio. Il padre di Virginia era commissario di polizia e aveva la tessera gratis, quando per un cinema quando per un altro. La tessera era per tre persone.

Poi Giorgio portò a casa la pagella con un quattro in Italiano scritto, un cinque in Italiano orale e un altro cinque in Francese, e il padre decretò che non sarebbe più andato al cinema per tutto il trimestre. In seguito mitigò la punizione, ma per quel sabato Giorgio dovette restare a casa.

Per l'appunto era capitata l'occasione della tessera. Anna disse: « Andiamoci noi due », ma la madre non volle mandarle sole. Anna allora ebbe l'idea di farsi accompagnare da Ferruccio. Prese per il braccio il fratello: « Sbrigati, vai dal tuo amico e digli se ci accompagna ».

Ma figuriamoci se Giorgio voleva farle questo piacere.

« Non importa, ci andiamo da noi » disse Anna.

« Se non sai nemmeno dove sta. »

« Invece lo so. So la via e anche il numero », e fece una boccaccia al fratello.

Non ricordava tanto bene e sbagliò portone. La portiera era una donna enorme, con una testina resa anche più piccola dai capelli tirati. Anna insisté:

« Non sa mica dove stanno questi signori Fila? Il

padre è uno con la barba... Credo che faccia l'avvocato ».

« Ah, sì. Stanno al 12. Il portone appresso. »

Virginia rimase ad aspettarla in fondo alle scale, mentre lei saliva all'ultimo piano. Riprese fiato prima di suonare.

Venne ad aprirle una donna anziana.

« C'è Ferruccio? »

« Lei chi è, scusi? »

Per fortuna Anna non ebbe bisogno di dare spiegazioni: Ferruccio l'aveva sentita ed era subito accorso:

« È la signorina Gromo, mamma; la sorella del mio amico... ».

Quella, allora, diventò più gentile e la invitò a entrare; ma Anna disse che doveva riscendere per non far aspettare l'amica.

Ferruccio le raggiunse dopo un minuto. Andarono a prendere il tram. Le due ragazze si misero sedute; lui rimase in piedi, benché ci fossero altri posti liberi.

« Tu non ci crederai » diceva Anna a Virginia « ormai è un bel po' che stiamo a Roma, ma mica la conosco. Da queste parti non c'ero mai venuta. Che quartiere è? »

Virginia esitò a rispondere e Ferruccio ebbe il tempo di intervenire:

« Trastevere. Ora il tram passa sul ponte e si vede l'Isola Tiberina ».

« Come sei bravo » disse Anna, e Ferruccio diventò rosso.

Cinque minuti dopo ebbe ancora modo di fare sfoggio delle sue cognizioni indicando alle due ragazze il Circo Massimo.

« È proprio del tempo dei Romani? » domandò Anna.

« Certo » rispose Ferruccio.

« Ma guarda » fece Anna. « Io credevo che ci fosse rimasto solo il Colosseo. Quello l'ho visto » aggiunse rivolta all'amica. Si mise a ridere: « Mica qui a Roma. In fotografia. »

« Lo vedrà ora » disse Ferruccio. « Il tram ci gira intorno. »

Alla vista di quel famoso monumento Anna non mostrò ammirazione e nemmeno sorpresa. Si limitò a dire:

« Allora è lì che davano i Cristiani in pasto alle belve. Brrr. A me le tigri e i leoni fanno una paura... Non sono più voluta andare nemmeno al circo, figurati un po' ».

« Come mai? »

« Per la paura che una belva scappi dalla gabbia. A volte è successo: anche sulla "Domenica del Corriere" c'era un caso così. »

All'entrata la maschera fece osservazione:

« La tessera è per le sole persone di famiglia. »

Virginia si confuse, ma Anna non si perse d'animo e disse che loro tre erano appunto i figli del commissario Panella; e così dicendo ravviò i capelli a Ferruccio, con la stessa amorevolezza con cui li ravviava a Giorgio (quando erano fuori e c'era qualcuno che la poteva vedere).

Appena al di là della tenda, le due ragazze scoppiarono a ridere:

« Che occhiata ti ha dato quando gli hai detto in quel modo! ».

« Dici che non è rimasto persuaso? »

« Uhm » fece Virginia dubbiosa. « Come sorelle, non è che ci somigliamo... »

« Lui sì, potrebbe essere mio fratello » e Anna posò la mano sulla spalla di Ferruccio.

« Su, entriamo » disse Virginia.

Anna si mise nel mezzo. Parlò tutto il tempo con Virginia. Dalle file avanti si voltarono a zittirla, ma lei non se ne diede per inteso.

Solo durante l'intervallo si occupò di Ferruccio. Ritirò fuori la storia del fratello:

« Saresti certo molto meglio di Giorgio » gli disse.

Uscirono che era notte. Per un dedalo di viuzze Ferruccio le guidò alla fermata del tram. Anna lo ricompensò dicendogli:

« Senza di te ci saremmo perse ».

Accorgendosi che Virginia gli dava del lei, si mise a ridere:

« Dagli del tu! Non lo vedi che è un ragazzo? ».

CAPITOLO SECONDO

CAMBIAMENTI

In un anno Giorgio aveva fatto un gran cambiamento: era cresciuto (ora, era più alto della sorella), s'era anche ingrossato. Gli erano spuntati i baffi e le basette, e aveva dovuto cominciare a radersi.

C'era stata una gran discussione in casa quando in settembre erano tornati a Roma dopo le vacanze passate a Padova e a Pieve di Cadore: la mamma voleva che continuasse il ginnasio, mentre il padre era dell'opinione di mandarlo alle tecniche. Giorgio non si pronunciava, ma l'idea di un lungo corso di studi gli faceva paura. D'istinto sentiva che gli sarebbe venuto presto a noia studiare.

Ci mise bocca anche Anna, per spalleggiare la mamma: era anzi lei a opporsi con più energia al padre. Arrivò a dirgli che per il suo egoismo sacrificava i figli:

« Me, mi hai fatto smettere, con la scusa che le donne non hanno bisogno di studiare; e Giorgio, gli vuoi far prendere il diploma, perché s'impieghi ed esca di casa... ».

Appena soli, Giorgio la investì:

« Si può sapere di che t'impicci? ».

Anna lo guardò:

« Stupido, lo dico per il tuo bene ». Era offesa e addolorata: « Tu sei ancora un ragazzo, certe cose non le puoi capire. Ma un giorno ti pentirai di non avermi dato ascolto. »

« Papà lo sa meglio di te quello che mi conviene fare. »

« Papà è un egoista. E mamma è una povera donna... »

« Non ti vergogni di parlare in questo modo? »

Naturalmente, la spuntò il padre. L'istituto tecnico era in centro, Giorgio doveva prendere un tram e un autobus per arrivarci. Tornava a casa tardi, e guai se non trovava pronto.

Dopo mangiato saliva in terrazza. La terrazza era in comune con le altre famiglie, ma Giorgio aveva preso possesso di un casotto, che tanto non serviva a nessuno. Ci teneva la bicicletta, perchè s'era accorto che nello scantinato gli prendeva la ruggine. C'era la noia di doverla portare in spalla su e giù per le scale; ma ormai l'adoprava poco, pensava anzi di rivenderla. Così come aveva rivenduto gli sci.

La sua nuova passione era l'aeromodellismo: gliel'aveva attaccata un compagno di scuola. La domenica mattina andavano a lanciare i loro apparecchi in miniatura dalla collina dell'Osservatorio.

Ora Giorgio ne stava costruendo uno grande, con cui pensava di partecipare a un concorso. Aveva cominciato col fabbricare un modellino, ma c'era qualcosa che non funzionava. Si mise a riflettere appoggiato al parapetto. Al di là della distesa di terrazze si scorgeva la cima marroncina di un monte. Sopra sostava una nuvola bianca: a Giorgio tornarono in mente le Alpi.

L'uscio sbattè: era la loro donna, una ragazzona che s'erano portati dal Veneto. Si mise a tendere i panni, e intanto cantava a voce spiegata.

Giorgio le fece il verso. La ragazza s'impaurì, perchè non s'era accorta che c'era. Giorgio tornò a immergersi nel suo problema: o le proporzioni delle ali erano sbagliate oppure... La ragazza s'era chinata a prendere una bracciata di panni nella cesta: Giorgio mirò, e fece centro.

« Ahi » strillò la ragazza. Mentre Giorgio si chinava a

sua volta a ricuperare il modellino, gli allungò uno scapaccione. Lui le torse il braccio; ma vedendola chiudere gli occhi ridendo, la lasciò di colpo.

Una domenica era tornato da un'adunata dell'Avanguardia. « Preparami merenda » intimò alla donna, e si chiuse nel bagno. Quando si fu lavato, invece di rivestirsi si mise il pigiama.

La donna era in cucina, ma non gli aveva preparato merenda. « Pigrona » le disse Giorgio. « Sbrigati, ho una fame che non ci vedo. »

« Il pomeriggio della domenica sono libera » ribatté lei.

« Allora perchè non sei uscita? Hai litigato con l'innamorato? »

« Pensi alla sua, d'innamorata » fece la ragazza, e rise. Giorgio cercò di tapparle la bocca. Ne nacque una di quelle lotte a cui erano abituati: ma che prese subito un'altra piega. Invece di resistergli, la ragazza gli si abbandonava; e Giorgio era invaso da una spossatezza tale che non aveva la forza di respingerla.

Nessun fidanzato era ancora in vista, e la mamma cominciava a preoccuparsi: come faceva Anna a trovar marito in una città in cui non avevano conoscenze?

Ne parlò col fratello, una volta che era capitato a Roma. « Dovreste tornare a Padova » disse lo zio Mario. « Non dico quest'anno; nemmeno l'anno prossimo: quando Giorgio avrà preso il diploma. » Cercava di persuadere la sorella che non doveva farsi scrupolo di lasciare solo il marito: « Tu devi pensare al bene dei figlioli. A Padova io conosco tutti, un posto a Giorgio e un marito a Anna faccio presto a trovarli ».

Né Giorgio né Anna erano di quest'idea. Giorgio a Roma ci si trovava benone; e Anna, se non aveva speciali motivi di stare a Roma, non ne aveva nemmeno per tornare a Padova.

« Fossimo rimasti a Padova » sospirava la mamma « a quest'ora saresti già fidanzata. C'era per esempio il figlio del dottor Gallina... e i due ragazzi della signora Maggi... »

Anna si mise a ridere:

« Chi ti dice che si sarebbero innamorati di me? ».

« Quando le famiglie si conoscono, è facile che nasca una simpatia » sentenziò la mamma. « Guarda me » ma non andò avanti, perché il suo non poteva dirsi un matrimonio riuscito.

Le venne fatto di rivolgersi al figliolo:

« E tu perché non parli? Dovresti dirglielo anche tu a questa testona che se continua così, un fidanzato non lo trova davvero ».

Sentendosi chiamare in causa, Giorgio diventò rosso; borbottò qualcosa, e si affrettò a uscire dalla stanza.

In camera si mise a camminare avanti e indietro. La mamma e la sorella, che strazio. La mamma che continuava a trattarlo come un bambino... La sorella, per la verità, non gli causava troppi fastidi. Era dall'anno prima che non aveva più preteso di essere accompagnata al cinema. In casa, si ignoravano a vicenda. Qualche litigio scoppiava ancora per via del bagno, che Anna teneva occupato per delle mezz'ore.

Ma una sorella era lo stesso uno strazio. Quando portava in casa qualche amico, lo faceva entrare subito in camera e chiudeva l'uscio. E se quello, sentendo la voce di Anna, domandava qualcosa, gli rispondeva evasivamente.

Giorgio aveva già acquistato l'arte di eludere le domande imbarazzanti. Dove un altro si sarebbe impappinato, lui era pronto a cambiar discorso.

Un giorno, stava facendo i compiti con un compagno, quando entrò Anna. La fissò ostilmente:

« Che cosa vuoi? ».

« Ci vai tu a prendere il latte? Io devo andare in centro... »

« Va bene, ci vado io. »

« Ma ricordatene » aggiunse Anna.

La sera, la rimproverò:

« Perché sei entrata in camera mia? ».

« Perché dovevo dirti del latte. »

« Mi potevi chiamare di là. Non voglio che tu vieni quando sono con un compagno. »

« Che male c'è? »

« C'è che non lo devi fare. Se ti azzardi un'altra volta, lo vedi. »

« Ma smettila. Bamboccio. »

« O fai come voglio io o dico a mamma che fumi. »

« Ah, mi hai spiato: bravo. »

« Non ti ho spiato, ho sentito l'odore. »

« Pensa ai fatti tuoi, piuttosto. Pensa a studiare... »

« E tu, pensa a comportarti meglio. »

« Cosa vorresti insinuare? »

« Che una ragazza perbene non s'impiastriccia la faccia come fai tu. E non si mette un vestito così attillato... »

Non le diede tempo di riaversi dalla sorpresa, e si chiuse in bagno. Anna era rimasta nel corridoio.

« Anna » chiamò la mamma dalla cucina. « È quasi pronto, apparecchia. »

Ora che erano senza donna e il padre era quasi sempre via, mangiavano in cucina. Giorgio mangiava con la faccia nel piatto. Appena finito, andò in camera.

« Via, mamma, rigoverniamo. » Aveva fretta anche lei di ritirarsi in camera.

La mamma non le aveva mai detto nulla, né per il trucco né per i vestiti: anzi, era contenta che si tingesse e avrebbe voluto che vestisse in modo anche più vistoso. Malgrado ciò, Anna era rimasta scossa dalle parole del fratello. Proprio quel giorno, le s'era appiccicato un giovanotto: se n'era liberata solo davanti al portone.

La mamma era un'ingenua, non sapeva nulla della vita. Mentre Giorgio...

Il giorno seguente era sola in casa. Dopo avere esitato a lungo, entrò in camera del fratello. Aprì i cassetti, che Giorgio teneva scrupolosamente in ordine; frugò tra i libri e i quaderni. Non sapeva nemmeno lei che cosa andasse cercando.

Tornò ad aprire i cassetti. Prese in mano una camicia: le piacevano i polsini, il collo. Così come le piacevano le cravatte. Le piaceva il modo di vestire di un uomo. Mentre gl'indumenti femminili, la infastidivano.

Giorgio poi aveva un tale gusto nel vestire... Sceglieva da sé tutto, cravatte, camicie, la stoffa per farsi un vestito, la biancheria... La maglia, non la portava, diceva che non poteva sentirsi nulla a contatto con la pelle.

C'era un buon odore nella camera. Come c'era un buon odore nel bagno la mattina, dopo che c'era stato lui a lavarsi e a farsi la barba. Se ne accorgeva dall'odore, che c'era stato lui: perchè Giorgio non lasciava niente in giro. Era ordinato (contrariamente a lei). La mamma glielo rinfacciava sempre: « Tu che sei una ragazza, dovresti farci l'abitudine, all'ordine. Sono cose che o ci si abitua subito, o non ci si abitua più. Per una donna quella è una vergogna grossa... Prendi esempio da tuo fratello. Lui è un uomo, potrebbe anche permetterselo, di lasciare in disordine. »

« Mamma ha sempre avuto un debole per Giorgio. » Non gliene importava: anzi, era contenta che Giorgio fosse il preferito.

Le tornò in mente di una volta, in montagna, quando erano piccoli: un compagno aveva chiamato Giorgio « cocco di mamma », e Giorgio gli s'era rivoltato inferocito. Lui stesso, quando voleva canzonare qualche altro ragazzo, gli diceva che era una femminuccia.

Aprì l'armadio: in basso c'erano le scatole delle scarpe, e altra roba ingombrante, come l'album delle fotografie. Lei, le poche fotografie che aveva, le teneva in una scatola di latta, mentre Giorgio s'era fatto l'album.

Giorgio era fotografato da solo, e in gruppo. In uno di quei gruppi c'era anche lei. Più precisamente erano: lei, Giorgio e un altro ragazzo, probabilmente un amico di Giorgio. Era stata fatta in un prato: chiuso, in fondo, da una cortina di abeti. Sopra la quale si scorgeva il profilo di una montagna.

« Mamma mia, come sono venuta male » pensò Anna. « Sembro anche gobba. » Un po' curva, era, o aveva la tendenza a starci: mentre Giorgio era bello diritto. Si vedeva anche in fotografia: Anna guardò a lungo il viso sorridente del fratello, il maglione con le maniche lunghe rimboccate ai gomiti, la camicia aperta sul collo, i calzoni a sboffo, i polpacci nudi, le calze arrotolate sopra gli scarponi. Era sempre stata la tenuta di Giorgio in montagna. Anche ora che era grande: mai che si mettesse i calzoni lunghi.

Le venne la rabbia di non essersi fatta una fotografia insieme col fratello. C'era sempre qualcun altro con loro: o la mamma o il cugino o un amico di Giorgio...

« Come si stava bene in montagna. » C'erano andati tutti gli anni. « Che belle passeggiate si facevano... » Eppure avrebbe dovuto serbare ricordo dei dispetti di Giorgio: quando le faceva prendere uno spavento (una volta, le aveva dato a credere che s'erano persi), quando mangiava tutti i lamponi, anche quelli che aveva raccolto lei...

« Erano lamponi, o mirtilli? » Non ricordava quasi nulla di quelle passeggiate. « È proprio vero che sono senza testa. Noi donne non abbiamo cervello. Giorgio fa bene a disprezzarci. »

« Ecco, mi piacerebbe un giovanotto come Giorgio » pensò poi. « Uno che non fosse svenevole. Che non facesse il sentimentale. Che non lo desse nemmeno a vedere, che gli piaccio. A me un giovanotto, appena mi fa gli occhi languidi, mi viene subito a noia. » Ripensò a un paio di corteggiatori dell'estate: coi quali, magari, ballava volentieri; ma che l'avevano urtata appena s'erano messi a fare gl'innamorati.

Giorgio non sapeva ballare. Diceva che non avrebbe mai imparato perchè era una cosa stupida.

« Anche se volesse, non imparerebbe davvero. Stonato com'è, non sarebbe capace di andare a tempo con la musica. »

« Mi prepari merenda? »

« Non lo vedi che sto studiando? Fattela preparare dalla donna. »

« Per favore, preparamela tu. »

Anna finì con l'acconsentire. Giorgio la seguì in camera: « Non ti viene a noia studiare quella roba? ».

« Mi viene a noia sì. »

« Allora perché lo fai? »

« Perché senza il diploma di stenografa non potrei trovare un impiego. »

« Un impiego? Sei proprio adatta, per fare l'impiegata! » Dopo un po' disse: « Io lo so perché ti sei messa a studiare stenografia: perché non sai che fare ».

« Vattene, e lasciami studiare. »

Giorgio non se ne andò. S'era seduto di traverso sulla poltroncina, con una gamba sul bracciolo, l'altra allungata: per gustare la merenda aveva bisogno di stare scomodo. « Si può sapere quando t'è venuta quest'idea dell'impiego? »

Anna posò la penna e chiuse il quaderno. Si voltò verso il fratello: « Sei capace di fare un discorso serio? ». E, senza aspettare la risposta: « Ti sarai reso conto di quello che sta succedendo nella nostra famiglia ».

« E cioè? »

« Lo sai anche tu di papà, no? » Giorgio non disse

niente, e lei continuò: « La loro camera è accanto a questa, li sento quando litigano. L'altra sera papà ha minacciato di andarsene. Del resto è come se ci avesse già abbandonato. In casa, lo vedi, non ci sta mai... Mamma, poveretta, non fa che piangere... Ora so che ha scritto allo zio Mario: ma anche lui, che vuoi che ci possa fare? ».

« Se fossi più grande, ci penserei io a rimetterlo a posto » disse Giorgio cupo.

Anna scosse il capo:

« Tu devi pensare a studiare. Quanto a me, son pronta anche a far la dattilografa » e con un movimento della testa ributtò indietro una ciocca di capelli che le ricadeva sulla fronte.

Lo zio Mario arrivò di lì a due giorni: i nipoti, li salutò appena, e si chiuse in salotto con la sorella e il cognato. Dopodichè rimase a cena. Nessuno parlava: Anna e Giorgio si scambiavano ogni tanto un'occhiata. Quando la cena fu finita, lo zio li guardò severamente, come se fossero loro i colpevoli: « Be', che aspettate ad andare a dormire? ».

Anna s'era già messa a letto e aveva cominciato a leggere quando sentì la voce soffocata del fratello:

« Anna, dormi? Posso entrare? ».

Era in pigiama e a piedi scalzi. Anna si scostò perchè potesse sedersi sulla sponda del letto.

« Allora? » domandò Giorgio. « Che cosa si sono detti? »

« Non lo so, ma me lo immagino. Penso che ormai non ci sia più nulla da fare. Papà andrà a vivere con quella donna... Tu però fai finta di niente, tanto con mamma che con papà. »

« Con mamma potrò anche fingere per non darle un dolore... ma con papà ti assicuro che mi verrebbe voglia di dirgliene quattro » e strinse i pugni.

Anna sorrise:

« Tu sei ancora un ragazzo, nelle cose dei grandi non ci devi entrare. Te l'ho detto, tu devi pensare solo allo studio. Mamma ha già tante preoccupazioni, non vorrai dargliene anche tu con la scuola... ». Prese in mano la medaglina che Giorgio teneva al collo: « Giurami che farai il bravo. Giuramelo su questa Madonnina » e gliela diede a baciare.

Giorgio baciò la medaglina; subito dopo abbracciò la sorella. « Giorgino, caro » diceva lei tenendolo stretto. « Io e te rimarremo sempre uniti... Io, te e mamma... Avanti, smetti di piangere. Asciugati gli occhi. Soffiati il naso. »

Giorgio si asciugò gli occhi e si soffiò il naso. Fissava il pavimento con aria cupa.

Si voltò verso la sorella:

« Non piangevo mica perché... Piangevo di rabbia. Avessi solo qualche anno di più, glielo farei vedere io a quel... ». Non aggiunse altro: a differenza della sorella, non aveva mancato mai di rispetto ai genitori.

La scuola di stenografia era in centro. Le lezioni erano tre la settimana, dalle cinque alle sei. Anna ci andava a piedi, ma tornava in tram perché la sera non era consigliabile fare a piedi il Viale delle Milizie, con tutti quei militari in libera uscita.

All'inizio del corso erano una trentina, ma dopo un paio di settimane s'erano ridotte alla metà. C'era anche un giovanotto, che si trovava spaesato fra tutte quelle ragazze.

Anche Anna si trovava spaesata. Le altre erano ragazze del popolo, con cui non poteva legare. Non per orgoglio: era il suo stato di ragazza vestita bene e che non parlava romanesco a farle il vuoto intorno.

Anna ci soffriva. Da un po' di tempo sperava in una catastrofe, che precipitasse la sua famiglia nella miseria.

Immaginava di impiegarsi come stenodattilografa e di mantenere lei la madre e il fratello. Naturalmente non si sarebbero potuti più permettere l'appartamento in Prati, dove pagavano seicento lire il mese d'affitto. Sarebbero andati a stare in Trastevere, o in uno di quei vicoli del centro, dove abitavano le sue compagne.

Seicento lire il mese, non arrivava nemmeno a guadagnarle, una stenodattilografa. Una brava forse sì. Una che fosse la segretaria di un pezzo grosso...

« Per una donna, il solo mestiere che rende, è la puttana. » L'aveva sentito dire a una delle compagne. Non se n'era scandalizzata. Quella parola lì, lei non l'aveva mai detta, l'aveva solo pensata. Quell'idea lì, non le era mai passata per la mente...

Non la urtava che le sue compagne fossero sboccate. E che facessero certe considerazioni... Erano ragazze del popolo, bisognava compatirle se non avevano educazione. E se pensavano solo ai soldi.

Nessuna di loro sognava una vita indipendente. Speravano tutte di trovar marito. Per il momento avevano bisogno di lavorare; dopo sposate, sarebbero state in casa.

Anche gli uomini guadagnavano poco, quindici, venti lire il giorno... Venti lire il giorno era già una paga alta.

Anna immaginava anche lei di sposare un operaio. Una sera che era sola in casa era venuto lo stagnino a riparare uno scarico; e lei ci s'era messa a chiacchierare. Era un giovane disinvolto; la trattava senza riguardi, arrivò a dirle: « Non mi faccia perder tempo con le chiacchiere. Devo fare altri tre lavori, a che ora vuole che torni a casa, alle dieci? Ci sono certe sere che torno anche alle undici » aggiunse parlando tra sé.

S'era messo a sedere sotto il lavandino. Stava svitando un aggeggio con la chiave inglese. Anna gli guardava le mani: robuste, ossute, un po' rosse; a un tratto si accorse della fede.

« Lei è sposato? »

« Ho anche due marmocchi. »

« Eh » sospirò Anna. Tornò in camera e riprese in mano il libro. Ma non riusciva a leggere.

A volte si diceva che era matta, a farsi venire certe idee; che avrebbe fatto meglio a dare ascolto alla mamma. La mamma non vedeva l'ora che si fidanzasse. In vista del raggiungimento di questo scopo, aveva formulato un progetto: entrare a far parte della Famiglia Veneta. E iscriversi all'Associazione Escursionisti. Lei avrebbe accompagnato la figlia alle feste da ballo date dalla Famiglia Veneta e Giorgio avrebbe accompagnato la sorella nelle escursioni domenicali. Tanto le feste da ballo che le escursioni sarebbero state ottime occasioni per trovarle un marito.

La mamma buttava là un'idea, ma non è che poi si desse da fare per realizzarla. « In questo io sono come lei » pensava Anna. Di progetti ne aveva sempre fatti molti, ma il solo a cui avesse dato un principio di attuazione era la scuola di stenografia.

In proposito Anna era stata evasiva con la mamma. Temeva che non ce l'avrebbe più mandata, se avesse saputo che era frequentata da ragazze del popolo.

Il giovanotto stava solo all'ultimo banco. Un giorno Anna gli si mise accanto. Sorpreso e intimidito, il giovane si affrettò a scostarsi e a scostare il quaderno, lasciando a lei quasi tutto il posto.

Cominciò la dettatura: il giovane scriveva velocemente, mentre Anna rimaneva indietro. Alla fine il suo dettato era pieno di spazi bianchi. Mortificata, chiuse il quaderno e riavvitò il cappuccio della penna. Intanto l'insegnante aveva cominciato a farsi portare i quaderni. Era arrabbiata: arrivò a dire che nessuna di loro sarebbe riuscita a ottenere il diploma. « Se chiama me » pensava Anna « il quaderno non glielo porto. Le dico che lascio la scuola, anzi non dico nulla, mi alzo e me ne vado. »

L'insegnante non la chiamò, e Anna si ritrovò in strada con un gruppetto di compagne che commentavano l'accaduto:

« Quella strega, cosa le è preso di mettersi a correre in quel modo ».

« Neanche al corso di perfezionamento dettano così in fretta. »

« È una zitellaccia. »

« Le rode perché non ha marito. »

Poi quelle se ne andarono (nemmeno a farlo apposta, non ce n'era una che facesse la sua strada) e Anna si diresse verso la fermata del tram. Era profondamente avvilita. Anche quell'esperimento scolastico era fallito: lei non avrebbe avuto la costanza di imparare la stenografia come non aveva avuto la costanza di imparare la matematica e il francese. Tutti i suoi sogni di vita indipendente dileguavano.

Tuttavia continuò a frequentare la scuola. Per una quindicina di giorni si sforzò di studiare, e riuscì a fare qualche progresso. Ma quando cominciò il caldo, le passò la voglia. La scuola era solo un pretesto per uscire. Col vestito attillato, le labbra dipinte, l'arco delle sopracciglia sottolineato dal trucco, Anna attirava più che mai l'attenzione dei giovanotti.

Il solo che non s'interessasse a lei era il suo compagno di banco. Era alto e grosso, aveva grossa anche la testa; ma non era brutto. Aveva gli occhi azzurri, e un bel sorriso.

Una sera se lo ritrovò accanto alla fermata del tram.

« Va anche lei in Prati? »

« Sì, devo fare una commissione in Via Duilio. »

« Oh, ma allora non le conviene prendere il tram. Si fa quasi prima a piedi... »

« Io sono poco pratico di queste parti » si giustificò il giovanotto.

Abitava fuori Porta San Giovanni; era impiegato al Ministero delle Finanze. Dacché avevano istituito l'orario unico, il pomeriggio non sapeva mai cosa fare. Così s'era messo a studiare stenografia. O meglio, a ristudiarla: perchè l'aveva già studiata a scuola.

« Lei ha fatto l'istituto tecnico, vero? »

« Sì » rispose il giovanotto.

« Anche mio fratello fa l'istituto tecnico. Ha due anni meno di me » aggiunse vedendo che lui non le domandava nulla.

« Si va a piedi? » propose. E, appena incamminati: « Io la farei sempre a piedi. È che la sera non è indicato, per una ragazza. Il quartiere è invaso dai militari in libera uscita... ce n'è sempre qualcuno che ti si appiccica dietro ».

« Già, è il quartiere delle caserme » commentò lui. « Io non l'ho fatto il militare » (era la prima volta che diceva qualcosa di sé, senza che glielo avesse chiesto lei). « Mi scartarono alla leva. »

« Perché? »

« Per un'ernia. »

« S'è dovuto operare? »

Il giovanotto scrollò la testa:

« Per ora non mi conviene farmi l'operazione, dopo dovrei andar militare. »

« Le fa tanta paura il militare? »

« Mi fa paura sì. Finché sono avventizio, rischio di perdere il posto. »

Passavano davanti a un bar. Anna si fermò:

« Che caldo » disse. « M'è venuta una sete... »

« Bere è peggio » sentenziò il giovanotto. « Più uno beve e più gli viene sete. E poi non è consigliabile prendere niente al bar. C'è il rischio di buscarsi un'infezione.»

« Eh, ora. »

« Non l'ha visto come lavano i bicchieri? Una sciacquatina sotto la cannella, e via. »

A un tratto Anna sentì una piacevole spossatezza invaderle le membra. Non guardava il giovanotto, ma ne avvertiva la presenza al suo fianco. Era emozionata proprio per questo, perché camminava con un giovanotto per le vie di una grande città.

Lo guardò: lui le sorrise coi suoi dolci occhi azzurri. Anna rallentò il passo.

« È stanca? »

« No no. Io anzi cammino volentieri... »

« Anch'io. Camminare fa bene alla salute... e si risparmiano i soldi del tram. »

« Ci si ferma un minuto? » E senza aspettare la risposta si appoggiò alla spalletta.

Dall'altra parte del Tevere, alcuni giovani in costume prendevano l'ultimo sole seduti o sdraiati sul tavolato del galleggiante. Due canottieri in maglia azzurra remavano a tutta forza. Anna li indicò al suo compagno.

« Ho fatto anch'io un po' di canottaggio » disse lui.

« Sì? » esclamò Anna, e lo guardò. Cercava di trovare qualcosa di interessante in quel giovanotto.

« Ho smesso perché veniva a costare troppo. »

« Lei non fuma? » gli chiese improvvisamente Anna.

« No. »

Ebbe voglia di domandargli perché: ma non voleva sentirsi rispondere che il fumo fa male alla tasca e alla salute.

« Mi scusi » disse lui « ho paura di far tardi per quella commissione... »

« Andiamo pure » sospirò lei.

Camminavano a passo svelto, senza parlare; a metà del viale lei gli disse: « Vada pure avanti, se ha fretta ».

Aspettò che si fosse allontanato, e riprese a camminare adagio. All'angolo del Viale Angelico, si fermò a comprare cinque sigarette. Fumava quando non c'era nessuno in casa; poi spalancava la finestra perché non si sentisse l'odore.

« Sapete che vi dico? Che è l'ultima volta che ci vengo.»

« Sì, così ci rimetti i soldi della frequenza. »

« Bisognerebbe far reclamo al direttore, che ci cambiasse insegnante. »

« Bisognerebbe che se ne andasse quel broccolo... È lui che ci fa fare brutta figura a tutte. »

Al solito, s'erano fermate fuori del portone, mentre il giovanotto era andato subito via. Anna ascoltava senza intromettersi. Fu una di quelle, una certa Elena, a chiamarla in causa:

« Tu che ci parli, me lo dici cosa ci viene a fare? ».

« Viene a perfezionarsi... La stenografia, l'aveva già studiata a scuola. »

« Allora perché non fa il corso di perfezionamento? »

« Perché è un broccolo, ecco perché » intervenne quell'altra. « Cosa se ne farà della stenografia, dico io. Mica vorrà andare a far la dattilografa » e si mise a ridere sguaiatamente.

« Ora è tutta una confusione » disse Elena. « Gli uomini fanno i lavori delle donne... oh, io ne conosco più d'uno, che la moglie lavora e il marito sta in casa a guardare il pupo. »

« È che c'è tanta disoccupazione » mise bocca un'altra ragazza. « Più per gli uomini che per le donne. »

« Noi troviamo più facilmente perché ci pagano meno. »

« Mica solo per quello... Come commessa, per esempio, è più adatta una ragazza che un uomo. »

« Secondo che negozi. »

« In qualsiasi negozio. Il cliente preferisce avere a che fare con una commessa che con un commesso. »

« Ma quando il cliente è una signora? »

« È la stessa cosa. I soldi mica li tira fuori la donna; li tira fuori il marito, o l'amante... »

« Nei bar la cassiera è sempre una ragazza. E la vogliono anche carina... »

« Be', un posto di commessa o di cassiera lo puoi anche trovare... Ma te lo raccomando che vita ti tocca fare. »

« Dieci-dodici ore di lavoro per cinque-sei lire il giorno... E se il cliente ti dice qualcosa, mica gli puoi rispondere. »

« Anzi, ci devi fare la graziosa... T'hanno preso proprio per quello. »

« Io un'offerta l'avevo avuta... ma preferisco prendermi il diploma. »

« Perché, una dattilografa fa una vita migliore? Pagare, la pagano lo stesso poco... e fastidio, te lo danno uguale. Te lo darà il capufficio, te lo darà il principale... Col principale sì, che bisogna che tu sia compiacente... sennò ti licenzia, e ne prende un'altra. »

« Gli uomini, sono una massa di sporcaccioni. Quelli sposati, sono anche peggio dei giovanotti. »

« Ma te, cosa ci vieni a fare? Mica hai bisogno di trovarti un lavoro... »

Anna borbottò qualcosa e se ne andò. Le facevano pena, povere ragazze; nello stesso tempo le invidiava. Si vergognava d'essere vestita bene: « La prossima volta, mi metto un vestito vecchio ». Il guaio era che i vestiti vecchi li aveva regalati alla donna di servizio.

In casa sua le donne di servizio ci rimanevano poco. Tutto per via della madre, che non le sapeva tenere. Anche dell'eleganza, la colpa era della madre. « Io, non ci terrei per niente. » Era vero che non avrebbe mai messo piede in un negozio: la madre ce la doveva trascinare a forza. Una volta lì, le venivano le voglie: invece di un vestito o di un golf, ne comprava almeno un paio.

« Che colpa ne ho io se sono fatta in questo modo? » e gettò la testa indietro con un gesto di sfida. Subito dopo fu presa dall'avvilimento: perché non poteva nascondersi di essere fatta male. Si comportava in modo incoerente; passava da un estremo all'altro. A volte se ne teneva, d'essere attraente ed elegante; a volte si faceva rabbia, ed evitava di guardarsi nello specchio delle vetrine.

A volte faceva di tutto per attirare l'attenzione degli uomini; a volte cercava di passare inosservata. Incurvava le spalle per non mettere in mostra il petto, e stava attenta a non dimenarsi.

Fece così anche ora, arrivò perfino a cambiare strada: invece di passare dalla via principale, scantonò per i vicoli.

Le tornò in mente quella parola, « broccolo », con cui avevano parlato del suo compagno di banco. Era una parola romanesca, ma sapeva cosa voleva dire. Aveva imparato più parole romanesche in quei due mesi che nei due anni precedenti.

« Altro che due anni! È il terzo che stiamo a Roma. » E lei, che aveva combinato, in tutto quel tempo? L'aveva buttato via. Era stata in casa a non far niente. Quel che è peggio, non le era capitato niente...

« Ora qualcosa m'è capitato. Mi sono innamorata. Mi sono innamorata davvero, o me lo sono messo in testa io? » Poi pensò: « Dio ne guardi lo sapessero le mie compagne... Non ce n'è una che lo possa vedere. Lo canzonano tutte, dicono che è un broccolo ». Lo chiamava così anche Rina, che pure, era una buona ragazza.

« Un po' broccolo è. Sta sempre zitto, le parole bisogna cavargliele di bocca. » Forse le piaceva proprio per questo, perché stava zitto.

Forse era per picca, perché nemmeno faceva mostra di accorgersi di lei. « Scommetto che se cambiassi banco, tirerebbe un sospiro di sollievo. » Ogni momento lo importunava per farsi prestare qualcosa, la gomma, il lapis, il temperalapis...

« Capisco che a lezione non voglia darmi retta, ma quella sera che si fece la strada insieme... » Rinunciò a prendere il tram: sarebbe andata a piedi, ripassando dalle stesse vie; e si sarebbe fermata subito al di là del ponte, nello stesso punto in cui s'era fermata con lui.

Passando dal ponte, si sentì struggere dalla dolcezza del ricordo. Eppure non era successo nulla: camminavano in silenzio, lui stava anche discosto.

« È in quel momento lì che me ne sono innamorata. » Era il suo settimo innamorato. Ma il primo di cui si fosse innamorata a Roma.

Anna era precisa nella contabilità sentimentale. È vero che la cambiava spesso. Rifacendo i conti, poteva anche arrivare alla conclusione che i suoi amori si riducevano a tre, a due, magari a uno solo. Allora precipitava nello sconforto. Si diceva che era incapace di amare, che aveva un sasso al posto del cuore. Gliel'aveva detto un innamorato respinto, e le era rimasto impresso.

Nei momenti di vanità, faceva il conto inverso, di tutti coloro che s'erano innamorati di lei. Anche quello, era un conto variabile. Certo, i corteggiatori non le erano mancati, specialmente in montagna. Una volta, nel corso di una serata danzante, aveva ricevuto tre dichiarazioni. Ma ce n'erano che facevano i cascamorti con tutte quelle con cui ballavano.

Il solo punto fermo, era il primo amore. Era successo a Padova, quando aveva dieci anni. Il figlio della signora Maggi, il più piccolo, che aveva la sua stessa età, glielo aveva mandato a dire per la donna di servizio. E lei gli aveva fatto rispondere che lo ricambiava.

La signora Maggi stava al piano di sopra. Avevano giocato insieme fino dall'infanzia, lei, Giorgio e i due figli della signora Maggi. Giocavano nel giardinetto in comune che era dietro la casa. Giocavano anche per strada, benché le mamme non volessero.

Mamma sua non avrebbe nemmeno voluto che giocasse coi maschi. Ma lei, della compagnia delle altre bambine, non ne aveva mai voluto sapere.

« Mi piacevano i giochi dei maschi... sono venuta su

come loro. » Ogni tanto si compiaceva di pensarlo, d'essere un maschiaccio.

S'era appoggiata alla spalletta. Sperava che fosse quello il punto preciso.

Cercò di farsi tornare in mente i discorsi. Le pareva di avergli detto che fumava... « Sono stata una stupida a dirglielo. Gli avrò fatto una cattiva impressione. » Tanto più che lui non fumava.

Le faceva rabbia che non fumasse. Le faceva rabbia che fosse così serio. Le faceva rabbia che fosse timido. Di sicuro era per timidezza che non l'aveva presa a braccetto.

« La prossima volta lo prendo a braccetto io. Non solo, ma quando ci si ferma... gli voglio anche dare un bacio. »

Non lo sapeva nemmeno lei come doveva essere un giovanotto per piacerle. Quelli sfrontati, le facevano paura; quelli timidi, le facevano rabbia.

Al cinema ormai ci andava di rado. Sola, non ce la mandavano: lei stessa dubitava che ne avrebbe avuto il coraggio. Giorgio ci andava col suo nuovo amico, Orazio.

La mamma voleva andare solo nei cinema del quartiere, che erano tutti di terza visione. I film ci arrivavano tre mesi dopo che erano stati proiettati al *Supercinema,* al *Barberini* o al *Corso*. Anna guardava sempre le réclames sul giornale. Non c'era novità che non l'attirasse. *Un film drammatico, emozionante... Un'appassionante storia d'amore...* Dicevano così quegli annunci. Erano soprattutto le figure ad attirarla. Si riconosceva che attori erano anche senza leggere i nomi. A lei più di tutti piaceva Clark Gable. La sua immagine compariva spesso nelle riviste illustrate che lei comprava tutte le settimane. C'era stato un tempo in cui ritagliava le fotografie di Clark

Gable. Giorgio gliele aveva scoperte e s'era messo a canzonarla: lei dalla rabbia le aveva buttate.

La sua ex amica Virginia s'era fidanzata con un sottotenente dei carabinieri. Anna l'aveva visto solo di sfuggita: ma le era bastato per farsene un concetto.

« L'ho sempre saputo che capisce poco » disse di Virginia.

« È una buona ragazza, invece » ribatté la mamma.

« Chi ha detto che è cattiva? Ho detto che è poco intelligente. Soltanto mettersi con quello... »

« A me è sembrato un bel giovane. » La mamma aveva un debole per i belli. La canzonava perfino Giorgio.

« Sarà anche un bel giovane, ma solo il fatto che si chiama Carmelo... »

« Laggiù usano questi nomi, Carmelo, Salvatore... »

« Volevo appunto dir questo, che un meridionale non lo sposerei nemmeno... »

« Tu sei troppo difficile, figliola » sospirò la mamma.

« Per niente, invece. Io, per esempio, alla bellezza non ci guardo affatto. Un uomo mi piace per altre cose... per il carattere... per l'intelligenza... »

« Uff » sbottò Giorgio. « Mi siete venute a noia con questi discorsi. Non potete mangiare invece di parlare? »

« Se non si parla un po' a tavola, quando si parla che non vi vedo mai in tutto il giorno? Ora tu ti sei messo a uscire anche dopo cena... »

Anna intervenne in favore del fratello:

« Mamma tu lo tratti come se fosse ancora un ragazzo».

Al cinema la mamma faceva i commenti a voce alta. Anche questa era una sofferenza per Anna. Ogni volta si raccomandava che non la facesse sfigurare, ma la mamma non si poteva trattenere: era più forte di lei.

Una sera ci si arrabbiò al punto che uscendo le disse: « Al cinema con te, non ci vengo più ».

Fecero la strada del ritorno in silenzio, camminando

anche un po' discosto. La mamma si doveva essere impermalita. Anna non se ne dava pensiero.

Le era tornato in mente di quella volta che Giorgio le aveva detto: « Fuori con me, non ci devi più venire ». Sentì una fitta al cuore: erano passati anni, ma le faceva ancora male, che Giorgio le avesse detto in quel modo.

Le pareva che quel giorno la sua confidenza col fratello fosse finita. Prima, stavano volentieri insieme. Poi Giorgio aveva preso a uscire per conto suo...

Arrivata a casa, si chiuse in camera. Lesse cinque minuti, e buttò via il libro. Almeno, avesse avuto una sigaretta.

Si sfilò le scarpe e si mise mezzo sdraiata sul letto. « Nessuno mi capisce. Nessuno mi vuole bene. Io sono pronta a dare tutto alla persona a cui voglio bene... La colpa è mia, lo dovrei avere imparato che gli altri sono una massa di egoisti. » Era un egoista il padre; era un egoista il fratello... Alla madre, non aveva nulla da rimproverare: il fatto che avesse un debole per Giorgio, le faceva piacere. « Sarei anch'io così, se avessi un figlio e una figlia. »

Si mise a pensare che avrebbe dovuto nascere maschio. « Fossi stato un uomo, glielo avrei fatto vedere io. » Le donne, le disprezzava tutte; disprezzava un po' anche se stessa.

Aveva ragione Giorgio a dire che si sarebbe dovuta vergognare a tingersi e a vestire in modo così vistoso. Andò in bagno a lavarsi la faccia. Tornata in camera, si guardò nello specchio. Ecco, così stava meglio.

Sarebbe stata anche meglio se si fosse tagliata i capelli. Invece, li portava sciolti sulle spalle.

Andò a ricercare una fotografia dell'estate, fatta in montagna. Lei aveva un fazzoletto in testa, che le nascondeva i capelli. Si piaceva, con quell'aria da contadinella. E quell'espressione timida, quasi vergognosa.

Anna le fotografie le teneva in una scatola, perché non aveva avuto la pazienza di incollarle nell'album. L'album le era stato regalato per la sua festa, insieme con la boccetta d'inchiostro bianco e il pennellino per scrivere sotto ogni fotografia la località e la data.

Tornò a guardarsi nello specchio. Era piccolo, c'entrava appena il viso. Non potendo vedersi, si passò le mani sul petto e sui fianchi. Quand'era vestita, le piaceva toccarsi; mentre quand'era spogliata, evitava anche di guardarsi.

Il vestito, oltre a essere attillato, era anche corto. « Dio ne guardi mamma sapesse che non mi sono ancora cambiata... » Non soltanto non s'era cambiata, s'era anche sdraiata sul letto: « Scommetto che dietro è tutto grinzoso. Me lo dovrò stirare prima di andare a lezione. »

Il pensiero della lezione la fece tornare allegra. Sempre per via del suo compagno di banco. « Quel broccolo » pensò sorridendo.

Si sforzava anche lei di parlare romanesco. Giorgio no, ci teneva a far sentire che era veneto. Una parola come « broccolo » non gli sarebbe mai venuta alle labbra.

Prima di andare a tavola, le domandò com'era il film.

« Ci vai col tuo amico? »

« Secondo che film è. »

« Vacci, vedrai che ti piace » fece improvvisamente Anna.

« Tu dimmi di cosa tratta. »

« Di un ammutinamento a bordo di una nave. Gli attori sono Clark Gable, Franchot Tone... Non ci sono donne. »

« È un film d'avventure, allora. »

« Be'... sì. A me è piaciuto. Solo che andare al cinema con mamma, è una lagna. Non smette mai di domandarti le cose. Almeno parlasse piano. Parla forte, fa voltare quelli davanti... Io, mi dà una noia che la gente mi guardi... »

Giorgio non l'ascoltava più. Aveva già alzato il ricevitore per telefonare all'amico. Gli disse:

« Si va al cinema stasera? Passami a prendere alle nove. Non importa che sali, basta che mi suoni ».

Durante la lezione di stenografia, c'era sempre un intervallo di qualche minuto. In genere dopo la dettatura, quando l'insegnante ritirava tre o quattro quaderni per correggerli. Non capitava mai che li ritirasse a loro due. Doveva aver capito che il giovanotto era avanti e che Anna era rimasta irrimediabilmente indietro. O forse li considerava come due che venivano lì tanto per fare e che lei non aveva l'obbligo di seguire.

La pensavano così anche le altre. Col giovanotto non ci parlavano (non ne avrebbero avuto nemmeno il tempo, appena finita la lezione si affrettava a filare), ma con lei sì. Le dicevano: « Che frequenti a fare? Non hai mica bisogno ». Anna aveva finito con l'ammettere che ci veniva perché non sapeva come passare il tempo.

« Non hai amiche? » le chiese una volta Rina. Era prima che cominciasse la lezione.

« No » rispose Anna. « Ne avevo una, ma s'è fidanzata... »

« E tu, che aspetti a fidanzarti? »

« Cosa vuoi, non ho nemmeno l'occasione di far conoscenze... Tu sei fidanzata? »

« Io sì. Ma mi sa che lo lascio. »

« Perché? »

« Perché è geloso. Mi fa fare una vita... Non vorrebbe che andassi da nessuna parte. Anche al cinema, mi tocca andarci di nascosto... »

« Perché non ci vai con lui? »

« Perché è occupato anche la domenica. »

« Che mestiere fa? »

« Il tipografo. »

« I tipografi, lavorano anche la domenica? »

« Quelli dei giornali, sì. Lui è al "Giornale d'Italia". Siccome è uno dei più giovani, gli appioppano sempre il turno festivo. Lui deve abbozzare, è poco che è entrato, bisogna che si faccia benvolere... »

« Tu gli vuoi bene? » le chiese improvvisamente Anna.

« Per forza, è il mio fidanzato. »

« Voglio dire... ti ci sei messa per amore? »

« Per cosa credi che mi ci sia messa? Per interesse? Quando abbiamo cominciato a vederci, faceva l'apprendista, non guadagnava nemmeno i soldi delle sigarette. Ora magari s'è fatto una discreta posizione... »

« Perché non vi sposate? »

« Deve ancora fare il militare. »

« Allora è molto giovane. »

« È giovane sì... ha un mese meno di me. »

Con l'interessamento per le sue faccende, Anna si conquistò l'animo della ragazza. Una sera, l'accompagnò. « Non devi andare da quell'altra parte? » fece Rina sorpresa. « Ho da fare delle spese in centro » rispose Anna.

Non era vero, le spese le faceva in Via Cola di Rienzo; e sempre con la mamma, da sé non era buona nemmeno a comprarsi un paio di calze. Prese Rina sottobraccio: « Sai, del centro sono poco pratica... Stiamo a Roma da tre anni, ma in centro, quante volte ci sarò venuta? Da sola, non sarei buona nemmeno di andare in Piazza Colonna », e si mise a ridere.

« Io i negozi del Corso li guardo di fuori... ma non sono mai entrata in uno. Stasera magari, se ti potessi accompagnare... Il guaio è che vado di fretta. »

« Hai appuntamento col fidanzato? »

« No, lui è al lavoro... Ci vediamo giusto il venerdì, che è il suo giorno libero. »

« E... che cosa fate? »

« Si va a spasso, oppure al cinema... »

« Non mi avevi detto che al cinema col tuo fidanzato non ci andavi? »

« Intendevo dire la domenica. Anche le domeniche che è libero, mica mi ci porta. » Anna pensò che non ce la portasse perché la domenica si spendeva di più; ma Rina aggiunse: « Dice che c'è troppa gente ».

« Nemmeno io ci son voluta più andare di domenica. Mi ricordo una volta che dovetti stare tutto il tempo in piedi... »

« Non ti vergogni a venire con una vestita male? » le chiese improvvisamente Rina.

« Mi vergogno semmai io a essere elegante... Lo faccio giusto per contentare mamma. Fosse per me, porterei sempre lo stesso vestito... »

« Io invece ci terrei all'eleganza. Ma chi me li dà i soldi? »

« Tuo padre che fa? »

« Il ciabattino. Il tuo, scommetto che è un signore. »

« Ha un buon impiego, sì... Lavora... per una società. Viaggia sempre. » Fu presa da un improvviso bisogno di confidarsi: « In casa ci stava poco anche prima, ora poi non ci sta più per niente. Ma io lo capisco anche. A un uomo, la vita di famiglia, fa presto a venirgli a noia. Fossi stata un uomo, non mi sarei sposata. Intendiamoci: anche se sono una donna, mica è detto che mi sposi... ».

« Una ragazza bisogna per forza che si sposi. »

« Perché non ti trovi un lavoro? »

« Credi che non me lo fossi trovato? Sono stata due anni commessa alla *Rinascente*. Poi c'è stata una riduzione di personale, e m'hanno licenziata. Hanno licenziato quelle come me, quelle stupide... Quelle furbe, ci sono rimaste tutte. »

« Che cosa intendi? » Aveva capito, ma glielo voleva far dire.

« Quelle pronte ad andare a letto col capo del personale, hanno il posto assicurato... ma una onesta, ci dura poco nel lavoro. Da una parte ha ragione il mio fidanzato, che non vuole che lavori. Non voleva nemmeno che frequentassi questo corso... »

« Nemmeno a casa mia volevano. »

« Eh, per una ragazza è difficile trovar lavoro... c'è tanta disoccupazione anche tra i giovanotti. Mi domando quello là, il tuo compagno di banco, cosa ci viene a fare in una scuola di stenografia. Non è impiegato in un ministero? »

« Sì » rispose Anna.

« Quelle, vedi, sono fortune. Lavorare, lavorano poco, e in fondo al mese hanno la paga assicurata... Anche alle poste, è un lavoro comodo. L'ufficio postale l'ho proprio accanto a casa mia. Sono quasi tutte donne. Ma anziane; di ragazze ce n'è una sola, ma brutta... »

Rina, parlando, saltava di palo in frasca: Anna ci aveva già fatto caso. T'interrompeva mentre parlavi, anche lei, era difficile che finisse un discorso... Era per questo che ci stava volentieri insieme. Rina, diceva via via quello che le passava per la mente. Non aveva paura di passare da maleducata o di far brutta figura. Le ragazze del popolo erano tutte così. Ti dicevano in faccia quello che pensavano di te. Era così la gente del popolo. A Roma in special modo vivevano tutti alla giornata.

« Così è bello vivere » pensò Anna. « Mentre noi, che vita si fa? Mamma, che vita ha fatto? Siamo schiave delle convenienze, delle abitudini... Si va a mangiare a quella data ora, si va a letto a quella data ora... Se esci, ti devi cambiare; appena torni, ti devi rimettere il vestito da casa. In questo modo, va via anche la voglia di uscire... E poi bisogna rispettare gli orari, io per esempio, guai se tardo cinque minuti... Almeno stasera, voglio fare il comodo mio. Tanto sono già in ritardo. »

Per l'appunto, le faceva un po' male una scarpa. Le scarpe nuove, le facevano sempre male. Si appoggiò di più al braccio di Rina.

Avevano già attraversato il Corso, e ora camminavano per una stradetta tortuosa che non aveva marciapiedi. Nella rientranza di un palazzo, videro due abbracciati.

« Eh » sospirò Rina « anche fare all'amore, credi che sia un divertimento? Non c'è mai un posto dove andare... L'inverno, fa freddo, e l'estate, non viene mai buio. Oh Dio, una ragazza si contenta anche di andare in giro a braccetto... Ma un giovanotto non se ne contenta. Ora s'è scoperto un cinema dove si può fare un po' di più il nostro comodo. Basta mettersi in fondo. Mica siamo mai soli, c'è sempre qualche altra coppia... Il guaio è la maschera che ogni tanto viene lì con la lampadina elettrica... Ci sono anche gli agenti in borghese. Una volta, pizzicarono una coppietta... Pensa che vergogna, per una ragazza, finire al commissariato. »

« Perché? Che stavano facendo? »

« Di preciso non lo so; ma me lo posso immaginare. Al buio a un giovanotto gli vengono tutte le tentazioni. »

« Anche il tuo fidanzato è così? »

« Prima non era. Ora, s'è fatto anche lui esigente... »

« Vuole che tu lo baci? »

« I baci, glieli do anche volentieri, non c'è mica nulla di male... Basta stare attenti che non ti vedano. Anche le mani addosso, me le lascio un po' mettere... Fa piacere anche a me sentirmi stringere » e rise.

« Addosso dove? » insisté Anna.

« Sulle gambe, sul petto... È inutile, bisogna smettere di andare al cinema » aggiunse come se parlasse tra sé. Si rivolse a Anna: « Sono arrivata. Sto in quel palazzo là ».

Era proprio un palazzo, col portone grande: ma loro, chissà in che tugurio stavano. Magari in una soffitta, o in un seminterrato...

« Io di qui non mi raccapezzo » disse Anna. « Spiegami come si fa ad arrivare sul lungotevere. »

« È semplice: vai sempre avanti e ci arrivi. »

Anna non aveva paura ad andare per quelle stradette.

Era un quartiere popolare, nessuno le avrebbe dato fastidio.

Sbucata sul lungotevere, riconobbe subito il punto. Zoppicando, raggiunse la fermata del tram. Ripensava alle confidenze di Rina. Si stupì che le avesse detto che i baci le piacevano. Anche al cinema era così, due che si amavano si baciavano. Lei stessa, quando fantasticava sul giovane che l'avrebbe resa felice, si figurava che per prima cosa l'avrebbe baciata.

Malgrado ciò, le faceva effetto. « Sarà che sono schizzinosa... » Non avrebbe mai bevuto nel bicchiere di un altro. « Si vede che sono schizzinosa anche nell'amore » e le venne da ridere.

Se le davano fastidio i baci sulle guance dei parenti, le avrebbero dato anche più fastidio i baci sulle labbra del fidanzato. La sola volta che era andata dal dentista, a sentirsi un dito in bocca, le era venuto da vomitare. « Glielo morsi anche... e poi, non ci son più voluta tornare. Ho preferito tenermi il mal di denti, piuttosto che farmi rovistare in bocca. »

Capiva invece che Rina acconsentisse a farsi toccare e stringere. Toccare, si toccava anche da sé; e ballando, se un giovanotto la stringeva, lo lasciava fare.

L'ultimo giorno di lezione Anna parlò a lungo col giovanotto. Sapeva che non l'avrebbe più rivisto, perché aveva deciso di non presentarsi all'esame.

Cominciò col domandargli quanti anni aveva.

« Venticinque » rispose il giovanotto.

« L'età adatta per trovarsi una fidanzata » commentò lei sfacciatamente.

« Prima di tutto non sono sistemato... devo ancora passare di ruolo. E poi per il momento non è una cosa possibile. Bisogna che pensi alla mia, di famiglia. »

Suo padre era morto; la madre aveva la pensione, ma

una miseria. E c'era la sorella: che aveva due anni meno di lui.

« Il contrario di me e di mio fratello » osservò Anna. « Niente, niente » fece vedendo che non capiva. « Scusi anzi se l'ho interrotto... Cosa mi stava dicendo? »

« Le dicevo che prima di pensare a sposarmi io, bisogna che sposi mia sorella. »

L'insegnante aveva ripreso a far lezione, e dovettero interrompersi. Finita la lezione lui secondo il solito si sbrigò ad andarsene; ma lei fu pronta a corrergli dietro. Gli si mise a fianco: « Le dispiace se l'accompagno per un po'? Tanto per me è presto. La sera fino alle nove non si mangia... S'è presa l'abitudine di voi romani, che mangiate sempre tardi ».

« Io non sono romano. »

« No? Eppure parla un po' romanesco. »

« Ci sono venuto da piccolo... Mia madre parla sempre abruzzese. »

Non era mai stato tanto loquace: « Si vede che parla volentieri della famiglia » pensò Anna. Ma lei aveva piacere di sentirlo parlare di sé:

« Scommetto che al cinema non ci va mai ».

« Come ha fatto a indovinarlo? »

« Perché sono una strega » rispose Anna, seria. Si mise a ridere: « È perché osservo le persone... Mica tutte: quelle che m'interessano. Io lei l'ho osservata e ho capito subito che non si diverte ad andare al cinema... come non si diverte a leggere i romanzi... ».

« Ora però c'è un film che voglio vedere: *Il sergente di ferro*. Aspetto che lo facciano in un cinema di terza visione... »

« Sì, ho visto che lo danno al *Supercinema*. Ma gli attori non li conosco. Di che cosa parla? »

« È un episodio dei *Miserabili* di Victor Hugo. Io però il libro non l'ho letto... perché è vero, a leggere mi viene subito a noia. »

« Allora, che cosa fa, in tutto il giorno? Voglio dire, che svaghi si prende? »

« Sono un radioamatore: è quello il mio svago. A volte sto alzato anche la notte... Lei scommetto che non sa nemmeno di che cosa si tratta. »

« Ora tira anche lei a indovinare: le ho attaccato il vizio. Ma è vero, di cose tecniche non me ne intendo. Mio fratello, invece... »

Il giovanotto la interruppe:

« La sto portando fuori strada. Io vado alla stazione a prendere il tram dei Castelli ».

« Come mai? Dove deve andare? »

« A casa, dove vuole che vada? Prendo il tram dei Castelli perché fa prima. »

« Va più veloce? »

« Va più veloce e fa meno fermate. »

« Be', io bisogna che torni indietro, sennò mi perdo. » Si fermò; anche il giovanotto fu costretto a fermarsi:

« Allora, se non ci si rivede più... » e gli tese la mano.

Il giovanotto appariva confuso. Per un momento Anna sperò che le stesse per dire qualcosa. Poi capì che era soltanto imbarazzato.

« Auguri per l'esame » aggiunse. « Oh, ma lei non ne ha bisogno: è così bravo... »

« Gli esami non si sa mai come ti vanno. » Fu l'ultima cosa che le disse.

Tornando sui suoi passi, Anna si diceva che la timidezza non era poi un gran difetto. « Se avessi cominciato a incoraggiarlo quando mi accorsi che mi piaceva, avrebbe trovato il coraggio di farsi avanti. » In ogni modo quel giorno le era apparso in una luce migliore. Anche la sua grettezza assumeva un altro aspetto ora che sapeva della madre e della sorella: « Per forza deve guardare al soldo, ha la famiglia sulle spalle... Come avventizio in un ministero, quanto potrà guadagnare? ». Sapeva che gl'impiegati guadagnavano poco: la mamma era sempre a ricordarglielo, che non commettesse lo sproposito di sposare un impiegato.

« Allora perché non s'è opposta quando papà ha voluto che Giorgio facesse le tecniche? Con la licenza tecnica, non gli rimane che impiegarsi. »

Non era triste al pensiero che non avrebbe più rivisto quel giovanotto. Solo, non sapeva che posto dargli nella sua contabilità sentimentale. Poteva classificarlo tra gl'innamorati: è vero che non le aveva detto nulla, ma perché era timido. Quanto a lei, se n'era veramente innamorata?

« Se non me ne fossi innamorata, c'erano tanti banchi liberi, non sarei andata a mettermi accanto a lui... » Poteva averlo fatto anche per stuzzicarlo. Almeno con se stessa Anna era disposta ad ammetterlo, di essere un po' civetta.

Sorrise all'idea che di lì a poco sarebbero partiti per la villeggiatura. Su in montagna avrebbe avuto modo di esercitarla, la sua civetteria.

CAPITOLO TERZO

IN CENTRO

Ora che aveva smesso di frequentare Giorgio, Ferruccio non aveva più modo di stare con Anna. Gli accadeva d'incontrarla spesso. Non lo vedeva, o faceva finta di non vederlo. Poteva anche darsi che non lo riconoscesse, coi calzoni lunghi. Lui non s'azzardava a salutare per primo.

Oltre tutto, sarebbe stato inutile: Anna non gli avrebbe dato più confidenza. Si vedeva che era cambiata. Camminava a testa alta, guardando fisso davanti a sé, come se niente e nessuno fosse degno della sua attenzione. Lei invece attirava l'attenzione dei giovanotti. Ma per forza, con quella bocca rossa, quegli occhi bistrati, quei vestiti che le fasciavano il corpo mettendo in risalto le forme... « Che i giovanotti la guardano, se ne accorge » pensò Ferruccio. « Fa finta di nulla. »

Quella di fingersi indifferente all'ammirazione dei giovanotti, era una posa comune a tutte le belle ragazze. Lo vedeva a scuola; lo aveva visto in villeggiatura.

Ormai era entrato anche lui a far parte del mondo dei grandi. I suoi problemi restavano gli stessi di quando era ragazzo: migliorare come giocatore di calcio, irrobustirsi...

Si sentì salutare:

« Ciao Fila. »

Alzando gli occhi vide un compagno di scuola che lo

aveva appena oltrepassato. « Ciao » rispose. Lì per lì non gli era venuto in mente il cognome.

Tra i compagni si chiamavano per cognome. Si chiamavano per cognome anche coi ragazzi conosciuti fuori. « Ci chiamavamo per cognome anche con Giorgio. Il nome lo sapevo perché l'avevo sentito chiamare dalla sorella. »

Il nome di Anna, com'era venuto a saperlo? Non certo da Giorgio, che diceva sempre « mia sorella ». Forse l'aveva sentita chiamare dalla madre.

Anche ora che non ne era più innamorato, continuava a pensare a lei come a Anna. Certo che aveva poco della ragazza di un tempo. Anche allora si tingeva, ma le labbra solamente. E non sfoggiava tutta quell'eleganza.

Anche allora gli capitava d'incontrarla. Siccome aveva l'abitudine di camminare guardando per terra, la vedeva all'ultimo momento. Era lei a salutarlo per prima: « Ciao » gli diceva sorridendo. « Buongiorno » rispondeva lui, riavendosi dalla sorpresa.

Una volta ci s'era fermata a parlare. Non che avesse nulla da dirgli; così, ci aveva parlato del più e del meno. Era stato vicino all'edicola. Lei aveva appena comprato un giornale di moda. Lui s'era vergognato a comprare il suo giornale sportivo.

Avevano parlato vicino alla cancellata di un giardino. Anna aveva anche infilato la mano fra le sbarre per cogliere un fiore di siepe. Rigirandolo fra le dita, gli aveva domandato come si chiamava. Purtroppo non lo sapeva. Ci rimaneva male, quando non era in grado di appagare una curiosità di Anna.

Anche a casa, mentre facevano merenda, gli rivolgeva una quantità di domande. A volte, per provocare il fratello, rivolgeva la domanda a tutt'e due. Giorgio continuava a mangiare, incurante di risponderle.

Più che altro gli faceva domande sulla scuola. Una volta gli aveva posto un quesito che aveva trovato sul giornale.

« Ho paura di non saperlo. La Matematica, non è il mio forte... »

« Eh, si vede che sei portato agli studi letterari. Si capisce da come parli. Voi toscani lo sapete parlare bene l'italiano... Che farai da grande, l'avvocato come tuo padre? » Non gli aveva dato il tempo di rispondere: « No, te non ti ci vedo a fare l'avvocato. Un avvocato, dev'essere un chiacchierone... ».

Gli diceva che s'era pentita di aver lasciato la scuola: « Per lo meno, avrei avuto qualcosa da fare ».

Se Anna avesse continuato a studiare, avrebbe potuto essere una sua compagna di scuola. Addirittura avrebbe potuto essere una sua compagna di classe: ce n'erano, che avevano due anni più di lui.

Pensava come sarebbe stata bene col grembiule nero lucido. La immaginava durante la ricreazione, con le mani affondate nelle tasche del grembiule.

Se fosse stata una sua compagna di classe, ci avrebbe avuta molta più confidenza. Intanto, le avrebbe potuto dare anche lui del tu.

Col fatto che abitavano vicino, sarebbero potuti tornare a casa insieme. Si sarebbero separati all'angolo del Viale Angelico.

Non solo, ma nel pomeriggio avrebbero potuto fare insieme i compiti. Sarebbe andato lui a casa di lei.

Avrebbero studiato in salotto, sotto gli occhi della mamma. Ma un giorno che la mamma fosse uscita, e che non fosse stato in casa nemmeno il fratello, le avrebbe dichiarato il suo amore...

Immaginava il viso di Anna diventare rosso per l'imbarazzo e il piacere. Non poteva spingersi oltre quel momento. Doveva tornare indietro, ricominciare da capo la fantasticheria, arricchendola di nuovi episodi. L'episodio finale restava quello, di lei turbata per le sue parole...

Il compagno s'era fermato davanti a una vetrina. C'erano esposti motori d'automobile. « Ci sarò passato mille volte e non ci ho mai guardato. » Non era osservatore; contrariamente ai suoi coetanei, non aveva passione per la meccanica.

Sospirò: in quei due anni, aveva cercato di cambiarsi, ma con poco successo. Sì, era riuscito a vincere la timidezza con le ragazze, era un po' migliorato come giocatore di calcio... Non era riuscito a impedirsi di fantasticare. Stando fermo, ci riusciva; camminando, ricadeva nella vecchia abitudine.

Erano fantasticherie inutili: non solo quando mutavano il passato, anche quando anticipavano l'avvenire. Dal momento che non si atteneva a una previsione ragionevole, ma faceva accadere i fatti secondo il suo desiderio. Ora per esempio immaginava che la squadra della sua sezione passasse di vittoria in vittoria. Ogni volta era lui a segnare il goal che decideva l'esito della partita. Quando era improbabile che fosse messo in squadra. In ogni caso, avrebbe giocato mediano laterale. Da quella posizione gli sarebbe stato difficile segnare...

Era il capomanipolo che sceglieva i giocatori. Per ogni sezione doveva scegliere undici titolari e quattro riserve.

Si sarebbe giocato alla Madonna del Riposo. Era andato in bicicletta a vedere il campo. Aveva il fondo grigio, come se alla terra fosse mescolata polvere di carbone. L'erba cresceva solo dietro le porte. Le porte non avevano le reti. Una era anche sbilenca, aveva un palo spezzato, lo sosteneva il ferro dietro. Delle linee tracciate con la calce, non c'era quasi più traccia.

Una diecina di ragazzi stavano giocando a una porta. Il pallone sembrava troppo grosso per le loro gambe sottili. Non riuscivano a colpirlo con forza e nemmeno a imprimergli la direzione.

Ferruccio s'era avvilito: quei ragazzi gli avevano comunicato la loro impotenza. Aveva smesso di guardarli. Ma anche l'abbandono in cui era lasciato il campo lo avviliva.

Cominciò a sentirsi stanco e affamato. Gli passò la voglia di fantasticare e anche di pensare. Prese la strada più breve per tornare a casa. La divise mentalmente in quattro tratti. Quando avesse attraversato la piazza, avrebbe percorso un quarto del tragitto; quando fosse giunto all'edicola, ne avrebbe percorso la metà...

L'ultimo tratto era il più breve; ma gli sembrò interminabile.

Le scale le salì quasi di corsa. Appena suonato il campanello gli venne la paura che la donna fosse uscita. Si rassicurò sentendo i passi nel corridoio. Era la mamma: che gli domandò subito se voleva merenda.

Rispose di sì e si chiuse in camera. Sedette al tavolino che gli serviva per studiare. Ormai era stato interrogato in tutte le materie, aveva la promozione assicurata.

La promozione, avrebbe fatto piacere soprattutto ai genitori. Lui sarebbe stato più contento se l'avessero incluso nella squadra della sezione A.

La mamma entrò a sentire se preferiva pane e marmellata o pane e burro. « Pane e burro » rispose Ferruccio. Gli era tornato in mente di quando pane e burro glielo davano per merenda in casa Gromo.

Una delle compagne lo guardava insistentemente. Già dall'anno avanti s'era accorto di piacere alle ragazze.

Lui non si piaceva. Nemmeno di viso: avrebbe voluto avere gli occhi celesti e i capelli rossi come Antezza.

Antezza era di media statura, tarchiato, con le gambe storte a furia di giocare a calcio. Camminava ondeggiando. Aveva portato tutto l'anno lo stesso vestito. D'inverno veniva a scuola con un cappotto grigioverde.

Le ragazze lo ignoravano: perché andava male a scuola e perché era vestito male. Anche tra i compagni godeva di poca considerazione. Dicevano che era uno zotico. Pensavano che quell'andatura dondolante fosse dovuta al fatto che era un montanaro. Ferruccio invece l'attribuiva al calcio.

Antezza giocava centravanti. Aveva forte il tiro: specialmente di sinistro.

Era di Trento: a fatica si capiva quando parlava. I professori ci si spazientivano. Erano ingiusti con lui: va bene che era indietro, ma perché deriderlo davanti a tutta la classe? Sembrava che non ne sopportassero la presenza. Gli davano anche un brutto voto in condotta, benché fosse un modello di disciplina.

Non l'aveva in simpatia nemmeno il capomanipolo. Lo aveva dovuto mettere nella squadra dell'istituto perché era il migliore attaccante; ma a ginnastica, lo rimproverava in continuazione.

Antezza stava solo in un ultimo banco. Non ci aveva voluto far razza nessuno.

Ferruccio lo ricordava nudo prima di una partita. Incurante della presenza dei compagni e dei curiosi, Antezza s'era levato tutto, ammucchiando la roba sulla panca. Aveva preso a sistemarla: i calzoni, prima li aveva appesi all'attaccapanni, poi li aveva ripiegati sulla panca. Un compagno ci s'era seduto sopra, ma lui non aveva osato dirgli nulla.

A sua volta s'era trovato un posto libero e aveva cominciato a fasciarsi il piede sinistro con una benda sporca. Poi s'era infilato un paio di calzini grossi e un paio di calzettoni senza il piede. Per tenere su i calzettoni, li aveva legati con lo spago.

Ferruccio non gli aveva levato un momento gli occhi di dosso. Era bianco, salvo che sulle braccia e sulle spalle, coperte da grosse lentiggini scure. Non aveva pelose nemmeno le gambe. Su quel bianco faceva spicco il cespuglio di peli d'un rosso acceso. Ferruccio lo confrontava mentalmente col suo intrico di peli neri. Da quel confronto, come da tutti gli altri, Antezza usciva vittorioso.

Ferruccio era arrivato a invidiare Antezza d'essere più basso di lui. E d'andar vestito poveramente. Nei giorni di gran freddo che c'erano stati in febbraio, invece della giacca portava un maglione stinto e bucato ai gomiti. I compagni dicevano che non avrebbe dovuto essere permesso, che uno si presentasse a scuola in quelle condizioni.

Ferruccio avrebbe accettato la malevolenza dei compagni, delle ragazze e dei professori, pur di essere di carnagione bianca e di pelo rosso come Antezza, e pur di saper giocare come lui.

Il fatto del giocare non veniva nemmeno preso in considerazione dalle ragazze. Per loro era inconcepibile che un giovane ci perdesse tempo. Era uno svago che se lo potevano permettere giusto i ragazzi.

« Sarebbe come se io continuassi a giocare con le bambole, o a saltare con la corda » gli aveva detto una compagna. « Tu confondi i giochi dei ragazzi con lo sport. » « A calcio ci vedo giocare i ragazzi » aveva ribattuto lei. « Si comincia da ragazzi per imparare... Ma è un gioco da grandi. I veri giocatori sono tutti sopra i vent'anni. » « Allora tu continuerai a giocarci fino a quell'età? » « Io smetterò prima perché non ci riesco... Ho cominciato troppo tardi, non sono stato più in tempo a imparare. Ma prendi Antezza... » « Senti, se sono tutti come Antezza, vuol dire proprio che è la teppa che si diverte a giocare a calcio. » Aveva aggiunto: « Meno male che l'anno prossimo ce lo leveremo di torno ». « Potrebbe anche cavarsela con due materie a ottobre. » « No, vedrai che lo bocciano... I professori non lo possono vedere. »

Gli sembrava un'ingiustizia tale che Antezza fosse mal visto... Il fatto stesso che era un bravo giocatore avrebbe dovuto indurre tutti a tenerlo in considerazione. E le ragazze, se ne sarebbero dovute innamorare.

Quelle invece apprezzavano solo chi era di buona famiglia e andava bene a scuola. « Come me » pensò Ferruccio con ira. Ce l'aveva con le compagne; anche con se stesso.

Era uscito di casa subito dopo mangiato. Aveva idea di andare alla Madonna del Riposo dove alle tre la squadra della sua sezione disputava la prima partita del torneo. Dopo magari sarebbe rimasto a vedersi anche l'altra partita, quella tra la C e la D. Nella D c'era Horn, il capitano della squadra dell'istituto.

Nemmeno il pensiero di Horn poté farlo decidere a scendere nel sottoscala a prendere la bicicletta. Gli cuoceva troppo essere stato escluso dalla squadra. Il capomanipolo non l'aveva messo nemmeno tra le riserve.

Che andava a fare al campo? Gli altri si sarebbero divertiti a incitare la squadra; per lui sarebbe stato solo un seguito di sofferenze.

Meglio andare al cinema. Era il solo modo di distrarsi.

Il calcio non gli aveva dato che delusioni. Mai una volta che alla fine di una partita fosse contento di come aveva giocato.

Passando dal ponte e dando un'occhiata all'acqua torbida del fiume, si disse che avrebbe dovuto smettere di giocare. Non poteva più illudersi di sopperire alle deficienze atletiche e tecniche con l'esperienza e l'allenamento.

Si fermò: se avesse smesso di giocare a calcio, come avrebbe occupato il tempo?

« Bisognerebbe che m'innamorassi. » Lo sapeva per esperienza che solo l'amore assorbe completamente.

Per un anno non aveva fatto che pensare a Anna. Poi gli era passata.

Gli era passata proprio quando s'era messo i calzoni lunghi e avrebbe avuto una probabilità, sia pure remota, di farsi prendere in considerazione come innamorato.

Poteva ricapitargli. No, meglio di no: aveva solo diciassette anni, c'era il pericolo che s'innamorasse un'altra volta di una ragazza più grande.

E poi era troppo avvilito. Riprendendo a camminare, pensava a come rifarsi. C'era un campo nel quale avrebbe potuto emergere? Quello scolastico, non aveva valore: del resto, non è nemmeno che fosse il primo della classe. Sempre per via della scarsa disposizione alle materie scientifiche.

Gli tornarono in mente le parole di Anna: « Tu si vede subito che sei portato alle materie letterarie ». Questa disposizione, come poteva essere sfruttata?

Aveva passato il ponte e s'era inoltrato nel dedalo di viuzze del centro. Lo sguardo gli cadde su un negozietto di libri usati.

CAPITOLO QUARTO

ALTRI CAMBIAMENTI

Giorgio non fumava. Aveva fumato qualche sigaretta quando faceva la prima tecnica, ma senza prendere il vizio. I soldi li spendeva tutti per andare in motocicletta.

Ora sia lui che la sorella ne avevano un bel po': ogni volta che il padre veniva a casa, erano cinquanta o anche cento lire per ciascuno di loro. Anna avrebbe preferito un regalo. Si sentiva offesa quando il padre le metteva in mano un grosso biglietto di banca.

Nella vita, era tutta una questione di soldi. Coi soldi, ci si poteva permettere di essere generosi e farsi perdonare qualsiasi cosa.

Cercò di parlarne al fratello, prendendola larga:

« Papà vuol far vedere che non ci ha dimenticato... Potrebbe per lo meno darsi la pena di comprarci un regalo ».

« Io preferisco i soldi. »

« Già, tu li spendi tutti per andare in motocicletta... Quanto costa prenderla a nolo? »

« Quindici lire l'ora... In genere ci vado con Orazio: sicché, sono sette lire e cinquanta per ciascuno. »

« Se le sette lire e cinquanta ce le metto io, mi ci porti? »

« Che? » fece Giorgio stupito. Si riprese subito: « Una ragazza, non sta bene che vada in motocicletta ».

« Perché? »

« Perché le si vedono le gambe, no? Viene un vento tale quando si corre... »

« E tu vai più piano. »

« Sai che bel gusto, allora. »

« Ascolta: pago tutto io. Ce le metto tutte io, le quindici lire. »

« Ho detto di no. » Già la sorella gli dava un sacco di pensieri. Senza parere, s'era messo a sorvegliarla. Era arrivato a seguirla per strada.

Si sentiva il capo-famiglia, ormai. Non vedeva l'ora di trovarsi un posto e cominciare a guadagnare.

Avrebbe dovuto essere più tranquillo a Roma che a Padova o a Pieve di Cadore. A Padova, avevano una quantità di conoscenti, e a Pieve di Cadore, c'erano le feste da ballo... A Roma Anna stava quasi sempre in casa. Se usciva, era per fare una passeggiata. Arrivava in Via Cola di Rienzo, o addirittura in centro. Si fermava a guardare le vetrine, entrava in qualche negozio (ora, le spese le faceva anche senza la mamma). Si fermava a guardare i cartelloni dei cinema. Ne aveva anche diritto, di andare un po' in giro, non aveva altri svaghi. Ma Giorgio sapeva che era un rischio, per una ragazza: c'era sempre qualcuno pronto a importunarla.

E se Anna avesse dato retta a un giovanotto? Gli pareva impossibile, che si abbassasse a dar retta a uno per strada. Eppure lui era riuscito a fermarne che a vederle sembravano chissà che. Ogni volta Orazio diceva. « È inutile che perdiamo tempo con quelle, tanto non ci stanno ». « Fammi provare » rispondeva Giorgio. Era sempre lui che s'incaricava di abbordarle.

Certo, meglio che Anna andasse in giro sola piuttosto che con un'amica. Le ragazze si montano la testa a vicenda. Si fanno anche coraggio, a vicenda: così, quando due giovanotti si avvicinano, credono di poterli tenere a bada. Accettano di parlarci, di scherzarci, di farci due passi insieme. S'illudono che tutto si riduca a quello. Anche questo, Giorgio lo sapeva per esperienza: aveva più successo insieme con Orazio che da solo. E sì che Orazio era di poco aiuto.

Bisognava aver la lingua pronta. E non perdersi d'animo. Lì per lì le ragazze non ti davano retta. Orazio era subito per lasciarle perdere, invece lui insisteva. Diceva qualche buffonata: magari prendeva in giro l'amico. Se le ragazze si mettevano a ridere, era fatta: voleva dire che non avevano più paura. Era proprio lì il punto: rassicurarle, far capire che loro erano bravi ragazzi da cui non avevano nulla da temere.

Una ragazza sola, era difficile che si liberasse dal timore, per questo era più difficile che ci stesse.

Due amiche, non voleva dire che fossero ugualmente disposte ad accettare un invito. Ce n'era immancabilmente una che faceva resistenza. Giorgio lasciava a Orazio la più sfacciata, e prendeva per sé quella ritrosa.

Da principio le due ragazze si tenevano a braccetto. Il difficile era appunto quello, separarle, in modo da formare le coppie...

Anna era una ragazza seria, tra poco sarebbe stata maggiorenne e non s'era mai messa con nessuno. Era assurdo pensare che desse retta a un giovanotto incontrato per strada.

« Il guaio è che è anche matta. » C'era da aspettarsi di tutto, da quella. Ogni tanto veniva fuori con certe idee... Anche l'idea della motocicletta, perché le era venuta?

« È un anno che prendo a nolo la moto, come mai solo ora t'è venuta voglia di andarci? »

« Cosa vuoi che ne sappia? Le voglie vengono all'improvviso... »

« Dicevi anche che ai motociclisti gli mandavi sempre gli accidenti, quando passavano. Per via del fracasso, e del puzzo di benzina... »

Anna si mise a ridere:

« Per una volta vorrei che fossero gli altri a mandare gli accidenti a me. Sì, la gente che passa... ».

« Dove vado io ne passa poca » disse Giorgio.

« Giusto: me lo dici dove vai? »

« Fuori città. Il divertimento è correre... »

« È vero che in motocicletta sembra di correre molto di più che in automobile? »

« Si capisce che è vero: in motocicletta mica sei riparato dal vento. Magari quello che sta dietro un po' di riparo ce l'ha... »

« Dai, Giorgino, portamici. Mi hai fatto venire una voglia... »

« E se caschi? Un uomo sta a cavalcioni, ma una donna, bisogna che stia con le gambe fuori... »

« Ci sarà da reggersi. »

« Ma sì, bisogna che uno si stringa forte al guidatore. »

« E io mi stringo forte a te. »

Giorgio senza volerlo le guardò il petto:

« No » rispose. E, come se fosse una giustificazione al suo rifiuto: « Io quando dico una cosa è quella ». La voce gli era divenuta stridula, come gli succedeva sempre quando l'alzava.

Anna non ci avrebbe più pensato (di voglie, gliene venivano in continuazione) se lo zio Mario non avesse regalato a Giorgio una motoleggera.

La madre era disperata; arrivò a dire al fratello: « Se a Giorgio gli succede qualcosa, la colpa è tua ».

Anna era presente alla scena. « Proprio ti manca la logica » disse alla madre. « Non ti sei mai preoccupata quando Giorgio prendeva la moto a nolo e ti preoccupi ora che ce l'ha di suo... E poi a nolo prendeva una 350 mentre zio gli ha regalato una 125. »

« Che mi fai confondere con queste cose » disse la

mamma irata. « Che ne so io delle 350 e delle 125... »

« Appunto, che parli a fare se non le sai, le cose? »

« Giorgio è prudente... Mi ricordo anche quando aveva la bicicletta... » cercò di rassicurarla il fratello.

« Che c'entra la bicicletta? »

« Anche quella, può essere pericolosa... Ma in tutto ci può essere un pericolo: oggigiorno è diventato pericoloso anche andare a piedi. »

La madre lo guardò storto:

« Io dico solo che è un delitto mettere una motocicletta in mano a un ragazzo ».

Ma Giorgio non era più un ragazzo, anche se la madre non s'era accorta del cambiamento.

Anna, invece, se n'era accorta. Il fratello riceveva continue telefonate: e non erano di Orazio. Gli sentiva cambiar voce... Le parole non riusciva a capirle, benché si sforzasse. Ma era convinta che Giorgio stesse parlando a una ragazza.

Era sempre la stessa ragazza? Anna era propensa a credere di no.

Un po' le faceva rabbia, che Giorgio ricevesse tante telefonate: quando lei non ne riceveva nessuna. « Io comunque non avrei la pazienza di stare tanto al telefono. » Giorgio ci stava delle mezz'ore. Anche con Orazio. « Mi domando che gusto ci prova. » Giorgio era così, sembrava provar gusto in tutto quello che faceva: anche se erano occupazioni noiose, come pulire la motocicletta. La puliva seduto in terra, fischiettando. Non fischiettava un motivo (ne sarebbe stato incapace). « Ecco, se ne sta lì due ore, finché la motocicletta non lustrerà come se fosse nuova. Poi ci va fuori e torna che l'ha tutta infangata. Si mette di nuovo lì, e ci sta altre due ore. »

Giorgio era metodico, faceva le cose con ordine: e ci provava piacere. « Mentre io, non provo piacere a fare nulla. »

« Proverei piacere a fare all'amore » pensò poi. « Sì, è la sola cosa che mi piacerebbe fare. »

Allora, come mai non si decideva a dar retta a un giovanotto? Quell'estate, aveva avuto una quantità di corteggiatori: e se l'era lasciati sfuggire tutti.

« Che cosa aspetto? Il principe azzurro? Farò la fine del moscon d'oro... » La mamma era sempre a dirglielo, del moscon d'oro, che era schizzinoso e non si voleva posare da nessuna parte; e alla fine s'era posato...

« Mamma a volte è proprio volgare » pensò con rabbia. Quelle allusioni lì, non si faceva scrupolo a farle; a volte diceva anche la parola.

Ora che Giorgio era a casa, Anna l'aveva sotto gli occhi in continuazione. E notava le differenze che c'erano tra loro due.

Giorgio aveva sempre qualcosa da fare: mentre lei non aveva mai da far nulla. Tornando a Roma era piena di progetti, pensava di rifare il corso di stenografia, d'intraprendere lo studio dell'inglese, d'iscriversi a una scuola di danza... Era passato un mese, e non s'era decisa a fare nulla.

Bussò al fratello:

« Posso entrare? ».

Vedendo Orazio, fece per richiudere: sapeva che il fratello aveva a noia che gli andasse in camera quando era con un amico.

« No, aspetta. » Aveva in mano il giornale, aperto alla pagina dei cinema: « Tu che ci stai dietro... che film ci consigli di andare a vedere? ».

« Mica li conosco i vostri gusti » si schermì Anna.

« Andiamo, non fare storie. Che film ci sono da vedere? »

« Secondo quanto volete spendere: nei cinema di prima visione... »

« Ti sto chiedendo dei cinema di prima visione. »

Anna si stupì: sapeva che Giorgio aveva un bel po' di

soldi, ma la sorprendeva che ne spendesse tanti per il cinema. L'anno prima, andava solo in quelli dove si spendeva una lira; e ora, non badava a spenderne anche cinque o sei...

La sorpresa maggiore fu quando le disse:

« Se vuoi venire anche tu... Basta che ti sbrighi a vestirti ».

Anna poté così vedere il famoso *Supercinema* di cui aveva letto tante volte sul giornale. Giorgio fu incerto se prendere i biglietti di galleria: Anna non poté trattenersi dal dirgli se era ammattito.

Credeva che il fratello si sarebbe messo nel mezzo e avrebbe parlato solo con l'amico; invece, ci fece stare lei. Non solo, ma durante l'intervallo le disse di tirar fuori le sigarette. Ne fumò una anche lui (Orazio non fumava).

A casa, non rivolle i soldi. Era soddisfatto di come s'era comportata e del vestito che s'era messa. Glielo disse anche: « Il verde, è il colore che ti sta meglio ».

« Vedi che se qualche volta mi porti fuori, non ti faccio far cattiva figura. Di': tu c'eri già stato al *Supercinema*? »

« Certo che c'ero stato. Ti ci ho portata proprio perché sapevo che era un posto come si deve. »

Ora usava spesso quest'espressione, un posto come si deve, per indicare un cinema, un caffè, un qualsiasi altro locale... Anna supponeva che fosse per influenza di Orazio.

Si azzardò a fare un commento sull'amico:

« È simpatico... A vederlo, pensavo che fosse differente ».

« Differente come? »

« Non lo so, sarà il fatto che porta gli occhiali... Invece ho visto che è un tipo allegro. »

« Ha tutte le ragioni, di essere allegro. È figlio unico e ha un padre ricco sfondato... »

« Davvero è ricco? Non l'avrei creduto... »

« Non lo vedi come va vestito? Si serve dal primo sarto di Roma. Anche le camicie, mica le compra fatte... »

« È che addosso a lui la roba fa poca figura. Non voglio dire che non sia un tipo distinto... Ma potrebbe essere un po' meno brutto... »

« Non hai sempre detto che tu alla bellezza non ci guardi? »

A girare sole per una grande città s'imparavano tante cose. S'imparava a tenere a distanza i giovanotti.

Guai a guardare un giovanotto: quello lo prendeva subito per un invito. Bisognava camminare guardando davanti a sé. Un'occhiata alle vetrine si poteva anche dare: per vedere se era il caso di fermarsi. A parte le vetrine, non si doveva guardare niente e nessuno.

La cosa peggiore, era prendere il tram o l'autobus: Anna ci ricorreva solo in caso di assoluta necessità. Se era pieno zeppo, aspettava quello dopo. Pigiata tra la folla, sballottata in qua e in là, c'era sempre qualcuno che ne approfittava per « tastare » (a Roma si diceva così: lei lo aveva imparato dalle sue compagne di stenografia).

Anna ricordava un racconto della sua amica: in autobus un giovanotto s'era messo a tastarla. Rina gli aveva fatto una scenata, tanto che quello era stato costretto a scendere.

Anna pensava che una ragazza del popolo se lo poteva anche permettere, di attirare l'attenzione della gente: « Io, mi vergognerei troppo ». Le era capitato più d'una volta, d'essere presa di mira: ma aveva preferito scendere lei.

In autobus ci saliva con un po' di timore anche se era vuoto; per strada si sentiva sicura anche quando c'era ressa. All'occorrenza, sapeva come sbarazzarsi di un giovanotto (bastava entrare in un negozio. Dopo un po' si stancavano di aspettare).

Venne a Roma la figlia del dottor Gallina: le due famiglie s'erano messe d'accordo durante l'estate. Sarebbe andata a stare dai parenti, loro non avevano la possibilità di ospitarla; ma avrebbero pensato a farle vedere Roma.

Se ne dovette incaricare Anna. La condusse anche in posti dove non era mai stata. Ogni volta doveva andarla a prendere e riaccompagnarla. Per fortuna stava poco lontano, in Piazza Bainsizza.

C'erano anche lì dei ragazzi grandi, due femmine e un maschio: la mamma avrebbe voluto che Anna continuasse a frequentarli. « Non hai detto che la maggiore ha la tua età? Potresti farci amicizia. »

« Mamma, tu credi che basti avere la stessa età per diventare amiche. Io con quella gente non ci ho scambiato mezza parola. E poi me lo immagino che gente dev'essere. Ospitano quella poveraccia, e non ci escono neppure una volta... Me la son dovuta sorbire io mattina e sera. »

« È gente un po' chiusa, come siamo a volte noi veneti. Ma visto che abbiamo avuto la fortuna di farci conoscenza... »

« Io non la considero per niente una fortuna. »

« Perché li hai conosciuti appena. Ma se vi conosceste meglio... »

« Anche se volessi, come potrei fare a conoscerli meglio? Mica m'hanno invitato. »

« Tra noi non c'è bisogno d'inviti. »

« Tra noi chi? » E poiché la mamma non rispondeva: « Tu sei convinta che si può fare amicizia con qualsiasi famiglia che sia originaria delle nostre parti. Ma qui ogni famiglia s'è rifatta il suo ambiente, la sua cerchia di amicizie... Solo noi non ci siamo riusciti » aggiunse con rabbia.

Attribuiva la colpa alla mamma, che era una donna di casa, buona solo a far da mangiare... Tutta casa e chiesa, ecco com'era.

Non si sentiva nemmeno più di dar contro al padre che li aveva abbandonati. Come avrebbe potuto sopportare una donna simile? Era già tanto che l'avesse sopportata finché loro due non erano stati grandicelli.

Certo, nel momento più delicato dello sviluppo, non avevano più avuto una guida. S'erano dovuti arrangiare da sé. Giorgio s'era arrangiato benissimo, perché era un maschio; lei era rimasta sacrificata.

Anna era contenta quando poteva buttare la colpa su qualcun altro. Fosse stata obbiettiva, avrebbe dovuto riconoscere che un po' di colpa era anche sua. Perché non aveva avuto voglia di studiare?

Aveva fatto tanti progetti, ma non ne aveva portato a termine nessuno. Non aveva costanza, ecco qual era il suo difetto. Si stancava subito di fare una cosa.

E sì che le cominciava con entusiasmo. Ma l'entusiasmo faceva presto a passarle.

Quando le veniva un'idea, prendeva fuoco come uno zolfanello. Il guaio è che erano fuochi di paglia.

Andò a bussare al fratello:

« Ti disturbo? ».

« No, no, vieni vieni » e si affrettò a far sparire quello che stava leggendo. Ma Anna aveva fatto in tempo a riconoscerlo: era un fascicolo dell'*Intrepido*. Doveva essere un numero vecchio, non credeva che Giorgio continuasse a comprarlo. Non doveva nemmeno uscire più: all'edicola non le era più capitato di vederlo.

Era buffo che il fratello nelle letture non si fosse mai spinto al di là dell'*Intrepido* e dei romanzi del Salgari. In compenso aveva una conoscenza della vita che Anna gl'invidiava.

« Finalmente se n'è andata » disse Giorgio. « Tu sei stata troppo buona: io l'avrei mandata al diavolo dopo la prima mattina. Che se ne andasse in giro da sé. »

Anna scosse la testa:

« Da sola, non si sarebbe azzardata a fare un passo.

Dovevi vedere come mi s'attaccava al braccio... aveva paura di perdermi. Io dico che se ci si fosse perse non sarebbe stata buona di tornare a casa. Eppure gliel'avevo spiegato, se hai bisogno di un'informazione, rivolgiti a un passante, meglio ancora, a un vigile... ».

« Io mi sarei vergognato ad andare in giro con una vestita in quel modo. »

« È che mi faceva compassione... Povera Lucia: è rimasta proprio una di paese. »

« Di' pure una bella zotica. »

« Eppure è istruita: dei monumenti, delle statue, ne sapeva molto più di me. »

« Per forza, è maestra, qualcosa deve avere imparato... Maestre, professoresse, sono la specie peggiore di donne che ci sia. Tu rimpiangi sempre di non aver studiato, ma io ti dico: è stato meglio per te. Fare l'insegnante, è la fine peggiore per una donna. »

« Ma così come lo trovo un lavoro? Mica ti do torto: la maestra, la professoressa, non sarebbe piaciuto nemmeno a me... Una vita indipendente, quella sì che l'ho sempre sognata... Tu mi canzoni quando mi vedi con un romanzo in mano, eppure, credi, c'è tanto da imparare... Non sono più i romanzetti che leggevo una volta. In questi che leggo ora si vede come vive la gente nelle grandi metropoli... a Londra, a Budapest, a Berlino... È qui da noi che siamo rimasti indietro. All'estero le ragazze lavorano negli uffici e abitano fuori di casa... È la vita che vorrei fare io. »

« Ma c'è anche tanta corruzione » disse Giorgio con tono severo. « Non vorrei che i romanzi t'insegnassero male. »

« Ti assicuro di no. Senti, Giorgio, tu sei la sola persona con cui mi posso confidare... perché con mamma, lo capisci anche da te, è tempo sprecato... Lei ha il chiodo fisso del marito, non si muove di lì. »

« Ora non devi credere che tutti i matrimoni vadano a

finir male... E una donna, sai, ha poca scelta: o sposata o zitella... »

« O puttana » completò Anna tra sé. Non si sarebbe azzardato a dirlo, sapeva che avrebbe scandalizzato il fratello. « Ascolta, se ci metto i soldi della benzina, mi ci porti a fare una gita in motocicletta? »

Volle andare ai Castelli: chissà perché. Non c'era mai stata, ma lei non era curiosa di vedere i posti. Forse ricordava che Giorgio, da ragazzo, c'era andato in bicicletta con un amico. Gli aveva sentito raccontare che sulla salita delle Frattocchie aveva fatto una bella fatica, nel Veneto era abituato ad andare in piano... Ricordava anche che il suo compagno di stenografia abitava fuori Porta San Giovanni e che per tornare a casa prendeva il tram dei Castelli.

La mamma teneva le mani giunte come se pregasse: « Ora starò in pena fino al vostro ritorno ».

« Uff. Quanto la fai lunga. Per una volta che mi prendo uno svago, me lo vuoi amareggiare. »

Attraversando la città Giorgio fu costretto ad andare piano; ma quando la strada cominciò a essere libera, accelerò. Anna aveva un po' di paura, e ogni tanto emetteva uno strillo. Poi ci prese gusto, lo incitava anzi a correre di più. Ma lui, come non aveva badato agli strilli, non badava agl'incitamenti.

Passarono in mezzo a un abitato, e si fermarono al principio di un altro. « Scendi » le disse Giorgio voltandosi di profilo.

« Siamo già arrivati? » fece lei delusa. Non aveva visto il tram dei Castelli, e non s'era accorta della salita delle Frattocchie.

Invece di risponderle, Giorgio ripartì per andare a lasciare la motocicletta in una rientranza fra le case. Anna si guardò intorno. Erano case vecchie; donne e bambini la guardavano, come usa nei paesi.

« Che paese è, Frascati? » domandò a Giorgio appena fu di ritorno.

« No, Nemi. Giù in fondo c'è il lago, con le navi romane... Ma la strada per arrivarci è brutta. »

« Ci sei già stato? »

« Sì, il primo giorno, per provare la motocicletta... Allora? Ci vuoi andare o no? »

« Preferirei riposarmi. »

« Che fatica hai fatto, perché ti debba riposare? »

« Mi ci sono indolenzita. Mi fa male il sedere » e rise. « Andiamo in un caffè a prenderci una bibita. »

« Ammesso che ce ne sia uno decente. »

Ne trovarono uno più che decente, e con la vista sul lago. I tavoli erano tutti liberi: rimasero incerti dove sedersi. Fu il cameriere a indicar loro il posto d'angolo: « Stanno più tranquilli ».

« Ci ha scambiato per due innamorati » disse Anna piano.

« Stai zitta, stupida. »

« Perché, non saremmo una bella coppia? Tu biondo e io bruna... »

Il cameriere aveva portato le amarene; Anna gli gridò dietro che voleva la cannuccia.

« Ora non cominciare » brontolò Giorgio.

« Che male c'è? Le bibite, mi piace berle con la cannuccia. »

« Qui cosa vuoi che abbiano. È un paese vecchio... C'è addirittura gente che vive nelle grotte. »

Fu smentito dal cameriere, che portò la cannuccia su un piattino. Giorgio riconobbe che era un locale come si deve. « L'avessimo trovato un'altra volta... Pensa, s'andò via con la sete. Perché dei caffè si videro, ma erano certi buchi... »

« Ti sei fatto proprio raffinato nei gusti. »

« Che c'entra, io non ci faccio caso... Ma se sei con una ragazza... Per esempio oggi: mica t'avrei potuto portare in un'osteria... »

« Ma l'altra volta eri con Orazio. »

« Appunto. Orazio si trova bene solo nei posti eleganti. »

« Cos'è il padre, un professionista? »

« Macché, è uno che non fa niente. Ma ha case, terre... »

« Orazio studia legge? »

« Sì, ma anche lui mica ha l'intenzione di far l'avvocato. Succederà al padre nell'amministrazione dei beni. »

Anna pensò che le amicizie del fratello non erano mai disinteressate. Quando andava a scuola, era amico di uno bravo, che lo aiutava a fare i compiti...

« Come mai se è ricco non gli hanno ancora comperato la motocicletta? »

« Lui vuole l'automobile. Ha già preso la patente. Ma lì c'è una storia che non m'ha voluto spiegar bene... Sembra che un fratello del padre sia morto in un incidente di macchina... Per questo non gliel'hanno ancora comprata. »

« Orazio ha più di te, vero? »

« Sì » rispose Giorgio. « Sembra anche più vecchio perché ha gli occhiali. »

« Un tempo mi piacevano i giovanotti con gli occhiali » cominciò Anna. « Così, avevano un'aria seria... »

Quando Anna se ne veniva fuori con qualcuna delle sue uscite, Giorgio borbottava qualcosa o scuoteva il capo per manifestare la sua disapprovazione; evitava però di guardarla. Fece così anche stavolta, si guardò una mano, poi la manica. La sua tenuta da motociclista era: calzoni alla zuava, calzettoni a scacchi, maglia pure a scacchi, il berretto messo alla rovescia e gli occhialoni rialzati sul berretto. Tutto sul grigio, ma in tonalità differenti.

Anna avrebbe voluto dirgli che aveva gusto nel vestire, invece le scappò detto:

« Sai che sei diventato proprio un bel giovane? ».

« Avanti, non fare discorsi stupidi. » Era arrossito. E, vedendole tirar fuori le sigarette: « Spero che non ti metterai a fumare in pubblico ».

« Al *Supercinema*, mi lasciasti fumare. »

« Ah, ma quello è un posto elegante... Ci sono abituati a vedere le donne che fumano. »

« E qui, come credi che sia? È un caffè per i romani, mica per la gente del posto. »

« Io non vedo nessun romano. »

« Perché ormai siamo fuori stagione. L'estate, chissà quanta gente ci viene. Ci verranno in automobile, ci verranno come noi in motocicletta... Aspetta che lo domando al cameriere. »

Giorgio non fece in tempo a impedirglielo, il cameriere era subito accorso. Confermò la supposizione della signorina; aggiunse che la gente continuava a venirci:

« La sera del sabato, c'è sempre pieno ».

« Che ci vengono a fare? » domandò Giorgio. S'era incuriosito anche lui.

« È la stagione dei funghi. In questi boschi ce n'è una quantità straordinaria... E non c'è un posto dove li sappiano cucinare meglio. Sono la nostra specialità, i funghi. »

Dopo Giorgio la rimproverò perché aveva chiamato il cameriere:

« Fai male a dare confidenza agli estranei ».

« Fossi stata sola, non mi sarei azzardata... È così » aggiunse come se parlasse tra sé. « Io sono curiosa delle cose, ma il più delle volte mi tocca tenermela, la curiosità... Giusto ai vigili, ho il coraggio di domandare qualcosa. E agli operai che lavorano: quelli, non c'è pericolo che si mettano a far gli stupidi... C'è una cosa che vorrei domandare a te » disse guardandolo negli occhi. « Ma mi prometti di rispondere sinceramente? »

« Eh » fece Giorgio. Era disorientato.

« L'altra volta mica ci sei venuto con Orazio. »

« E con chi, allora? »

« Andiamo, a me lo puoi anche dire... Mica lo ridico a nessuno. »

« Fuma, vai, che è meglio » disse Giorgio sgarbatamente. « Anzi, fai una cosa, danne una anche a me. »

Mentre gliel'accendeva si accorse che Giorgio aspirava il fumo:

« Ma tu sai fumare ».

« Mica è una cosa difficile. »

« Allora, perché non fumi? »

« Perché non capisco che gusto ci sia... I soldi preferisco spenderli nei divertimenti. »

« Però una sigaretta ogni tanto la fumi volentieri. »

« Fumo... quando mi vengono i nervi. »

« E io te li faccio venire spesso, vero? Anche l'altro giorno al cinema mi chiedesti una sigaretta... »

« Uff » sbottò Giorgio. « Perché non pensi un po' per te. »

« Faccio tanto per parlare. Oh, Giorgino, non te la prendere con me! » disse posandogli una mano sul ginocchio.

« Attenta, ci stanno guardando. »

« Chi? »

« Il cameriere. »

« Be', e non posso fare un complimento a mio fratello? »

Per tutta risposta Giorgio disse che bisognava andarsene. E, alle rimostranze di lei:

« Mamma sta in pensiero se non ci vede ».

« Voglio pagare io » disse Anna.

« Mi faresti fare una bella figura. » Erano entrate altre due coppie e c'era il cameriere che andava e veniva. « Ti passo il borsellino sotto il tavolo. »

« Non sarebbe meglio che me li rendessi dopo? »

« Dài, è più divertente così. »

Sotto il tavolino le mani stentavano a trovarsi; finì che il borsellino cascò in terra. Giorgio lo raccattò senza farsene accorgere, lo aprì e tirò fuori una moneta da cinque lire. Il cameriere gli fece il resto, dopodiché si consultarono sottovoce su quanto avrebbero dovuto lasciargli di mancia.

« Ti ricordi quella volta... » cominciò Anna, ma Giorgio non la lasciò finire. Se ne ricordava benissimo anche lui. Era successo in montagna. Il padre se n'era dovuto andare e aveva lasciato a loro i soldi per pagare le consumazioni. Prima s'erano consultati su chi avrebbe dovuto chiamare il cameriere. Toccava a Anna, che era la più grande, o a Giorgio, che era il maschio? Soprattutto erano stati in dubbio su quanto lasciargli di mancia.

« Io ero del parere che bastavano cinque centesimi, mentre tu gli volevi lasciare una mancia spropositata. Tu sei sempre stata grandiosa per lo spendere. »

« Vedo che anche tu non scherzi. L'altro giorno, al cinema, desti la mancia alla maschera... »

« Perché era una bella ragazza » scherzò Giorgio.

« Anche ora al cameriere gli hai lasciato una bella mancia. »

« Perché non erano soldi miei » scherzò un'altra volta Giorgio.

Nelle settimane che seguirono, Anna sperò invano che Giorgio la invitasse di nuovo al cinema o a fare una gita in moto.

Anna usciva solo per cambiare i libri alla biblioteca circolante a cui era abbonata. In casa non faceva che leggere. Anche questo era un motivo di preoccupazione per la mamma.

Fu consultato lo zio Mario che disse:

« A Giorgio gli ho regalato la motocicletta, è giusto che faccia un regalo anche a Anna. Dunque: che regalo vuoi? ».

Anna non sapeva proprio. Le sembrava di non aver voglia di niente.

« Quest'estate ti porto a fare un viaggio all'estero » stabilì lo zio.

La fantasia di Anna si mise in movimento. Richiamò alla mente le superstiti cognizioni di Geografia, ma figuriamoci, era la materia che aveva studiato meno, perché il sei era assicurato anche se non si studiava. Chiese l'atlante al fratello.

« Che atlante? »

« Fra i libri di scuola, avrai avuto un atlante. Mi pare che ti passai il mio. »

« Io non me ne ricordo. »

« Per favore, guardaci. »

« Cosa vuoi che guardi? I libri di scuola, li ho tutti venduti. »

Li aveva venduti in ottobre, quando era ricominciato l'anno scolastico: era andato a venderli davanti alla scuola. S'era messo in società con un compagno: alla fine s'erano divisi il guadagno. Quello aveva detto:

« Non credevo che saremmo riusciti a venderli tutti. Abbiamo messo insieme una discreta somma. Ci si può andare due volte al Mario dei Fiori ».

Giorgio in quei posti non ci andava, né ci sarebbe andato mai. Così come dalla sua bocca non usciva mai una parolaccia.

La sua amicizia con Orazio derivava anche da questo, che era un giovane educato. Perciò non s'era fatto scrupolo di presentarlo alla sorella.

Orazio aveva trasmesso a Giorgio il gusto dei locali eleganti e dei cinema di prima visione. Ma li dividevano troppe cose. Orazio aveva l'albagia dei ricchi; gli faceva anche pesare d'essere un laureando, mentre lui era un semplice diplomato.

Giorgio cercava un posto. Si preparava a dare tre concorsi. Studiava tutta la mattina. Il pomeriggio andava al cinema, o faceva un giro in motocicletta, o andava in cerca di una ragazza.

Era difficile riuscire a fermare una ragazza sola. Ma Giorgio non s'esponeva mai a un rifiuto. Aveva l'occhio infallibile.

Non fermava subito la ragazza: si metteva a seguirla facendo in modo che se ne accorgesse. Se quella affrettava il passo, la lasciava perdere. Se continuava a camminare adagio e a fermarsi davanti alle vetrine, era probabile che ci stesse.

L'ora migliore era sul tardi, quando chiudevano i negozi. Oltre che con le commesse, Giorgio cercava di attaccare con le cassiere e le maschere del cinematografo.

Con le commesse l'appuntamento ce lo potevi prendere solo per la domenica pomeriggio. Giorgio arrivava con la motocicletta: e lì ce ne voleva a convincere la ragazza a montare. E una volta che l'avevi portata in aperta campagna, non era detto che fosse fatta.

Come quella che aveva portata a Nemi: gli era stata avvinghiata per tutto il percorso, dalla paura di fare un capitombolo. Una volta scesi, invece, non s'era lasciata toccare nemmeno con un dito. Ma Giorgio, quel giorno, era più interessato alla motocicletta che alla ragazza.

Nemi era un posto adatto, la strada passava in mezzo al bosco. Ma c'erano posti adatti anche vicino. Bastava andare all'Acqua Acetosa, o a Monte Mario...

Una volta lì, non le forzava. Né dava loro a credere di avere intenzioni serie. Sarebbe stato incapace di fingere.

In genere, ci stavano. Quanto meno, si facevano baciare, e si lasciavano mettere le mani addosso. Giorgio dopo un po' se ne stancava: se vedeva che non ci avrebbe potuto fare altro, tagliava corto: « Andiamo, ti riaccompagno » diceva alzandosi bruscamente.

Una s'era messa a piangere. Lui non si lasciò intenerire, le diede anzi della stupida: « Che ci sei venuta a fare? Lo sapevi che intenzioni avevo. Mica ho fatto la fatica di portarti fin qui per respirare l'aria buona... ».

« Io... sono una ragazza perbene » aveva detto quella tra i singhiozzi.

« Allora non devi accettare gl'inviti dai giovanotti che non conosci. Che almeno ti serva di lezione per un'altra volta. »

Arrendevoli o no, avevano tutte il vizio di parlar troppo. Per prima cosa, si mettevano a parlare del fidanzato (con cui erano in rotta, o che era militare). Non ce n'era una che non fosse fidanzata. Giorgio ci credeva, perché in fondo era un ingenuo. Finì col farsi una cattiva opinione delle donne: col considerarle infedeli, ingannatrici.

È vero che per le mani gli erano passate quasi soltanto ragazze del popolo, commesse, dattilografe, cassiere dei cinema e dei bar; ma anche delle ragazze della sua condizione c'era poco da fidarsi. Di quelle di condizione superiore, Orazio gli aveva fatto un quadro terrificante. Nel bel mondo, la corruzione dilagava. « Io la moglie me la trovo in un paese » diceva Orazio. « Voglio una ragazza all'antica. Di queste ragazze moderne, non ce n'è una che sia seria. »

« Ha ragione Orazio » pensava Giorgio. In una grande città le ragazze erano tutte poco serie.

E Anna, allora? All'apparenza poteva anche sembrare una ragazza leggera: portava i vestiti attillati, si tingeva gli occhi e le labbra... Eppure non aveva mai dato retta a un giovanotto.

Ma Anna era la sorella, e non contava. Anna era anche un po' matta, Giorgio se ne andava convincendo sempre di più. C'era da aspettarsi che un giorno o l'altro facesse un colpo di testa...

Lui la fidanzata non se la sarebbe cercata né tra le ragazze che lavorano, né tra quelle che studiano. Anche questo non gli sembrava normale nella sorella, che rimpiangesse di aver troncato gli studi e che desiderasse trovare un lavoro.

Sul momento Anna era tutta presa dall'idea del viaggio all'estero. In primavera cominciò a contare i giorni. Ogni volta che lo zio Mario capitava a Roma, ne parlavano a lungo. Non avevano ancora deciso dove andare. A lei sarebbe piaciuta la Spagna: purtroppo lì c'era la guerra.

In preparazione del viaggio, si decise a curarsi quel dente che tornava sempre a farle male.

Il dentista aveva il gabinetto nel Viale Parioli. Era un giovanotto alto, coi baffetti biondi e la stempiatura accentuata. Canzonò Anna perché s'era fatta accompagnare dalla madre. Si chinò su di lei, e Anna avvertì un buon odore di acqua di colonia. Gli guardava le guance accuratamente rasate, i baffetti, gli occhi azzurri, e non stava più con la paura di sentir male. Quasi le dispiacque quando il dottore le disse che la seduta era terminata.

Ci tornò sola. Dovette aspettare un'ora, ma si distrasse a guardare la magnifica villa dall'altra parte del viale. Una macchina nera si fermò davanti al cancello: il portiere corse ad aprire. La macchina continuò per il vialetto inghiaiato, sparì dietro un folto e ricomparve nel piazzale.

Il cancello era rimasto aperto. Di lì a poco il portiere e l'autista si affacciarono sul viale. Chiacchieravano e fumavano. Anna pensava che doveva essere bello possedere una villa così, avere il portiere e l'autista...

Il dottore si stava lavando le mani. Le fece segno di accomodarsi, poi le disse di aver pazienza un minuto. Trafficava vicino a un armadietto e alla fine consegnò un involtino all'infermiera:

« C'è più nessuno? ».

« No, dottore. »

« Allora vada pure. » E, rivolto a Anna: « Brava, stavolta è venuta sola. » Si sbrigò in pochi minuti: « Ecco fatto. Ha sentito male? ».

« No no, non ho sentito niente... Quando devo tornare? »

« Tra una settimana. » Si passò una mano sulla fronte: « Comincio a essere stanco. Troppo lavoro. E poi, con questo caldo... Aspetti, scendo anch'io ».

Si tolse il camice rimanendo in maniche di camicia: Anna notò i gemelli d'oro ai polsi. Poi il dottore s'infilò una giacca sportiva: « Prego » disse aprendo la porta.

Scesero in ascensore. Fuori del portone Anna fece un'altra volta per salutarlo, ma il dottore disse: « L'accompagno. Ho la macchina ».

« Grazie, ma perché si vuol disturbare? C'è il tram che mi porta proprio a casa. »

« Nessun disturbo. Dopo una giornata di lavoro, faccio volentieri un giretto in automobile. Guidare, mi distende i nervi. E poi, che c'è di meglio che stare in compagnia di una bella ragazza? »

Anna sentì di arrossire. Il dottore insisté: « Ha fretta di rientrare? ».

« Non so... Che ore sono? »

« Le sette meno un quarto. Vuole che prendiamo un aperitivo in Via Veneto? »

Anna disse di no, aveva paura d'incontrarci il fratello. Non sapeva che Giorgio certe abitudini le aveva perse.

« Allora... si fa una giratina? »

In un momento furono fuori dell'abitato: Anna si meravigliò che da quella parte cominciasse subito la campagna. Il dottore continuava a correre. Anna stava per dirgli di tornare indietro quando lo vide rallentare per infilare una stradetta. Si fermò dopo la prima curva.

« Fuma? » E siccome Anna esitava: « Non abbia paura, qui non la vede nessuno ».

Tutto andò bene finché si limitarono a fumare, e anche dopo, quando il dottore la baciò; ma l'incanto fu di breve durata. Per difendersi Anna dovette sostenere una vera e propria lotta: alla fine era spettinata, con le vesti in disordine e in lacrime.

Quanto a lui, era soltanto stizzito, e sulla strada del ritorno guidava anche più veloce, come se avesse fretta di sbarazzarsi di quella stupida che dopo avere accettato il suo invito s'era messa a fare storie.

Anna non raccontò la sua disavventura alla mamma né, tanto meno, al fratello. Gliene mancava il coraggio; e poi, sapeva che le avrebbero dato torto.

Si dava torto anche da sé. Avrebbe dovuto trovare una scusa per rifiutare l'invito in macchina. Il guaio è che lei, al contrario del fratello, non aveva la scusa pronta. Le era sembrato poco gentile dirgli di no quando quello s'era offerto di accompagnarla a casa. « È quando mi ha proposto di fare un giretto che avrei dovuto dirgli di no. »

Aveva subìto senza fiatare che lui s'addentrasse nella campagna, che si fermasse in quella stradetta fuori mano, che la baciasse, che rimanesse con la guancia accostata alla sua... L'aveva lasciato fare anche quando le aveva posato la mano sul ginocchio. Poi aveva cercato di scoprirla... Era stata quella la mossa falsa, che l'aveva spinta a ribellarsi.

« Mi sarei dovuta ribellare prima. Non avrei dovuto farmi baciare. Ma come, un giovanotto ti abbraccia e ti bacia senza nemmeno dirti una parola? »

« Mi aveva detto che ero una bella ragazza: ecco tutto quello che mi aveva detto. » Per un complimento che le aveva rivolto, s'era lasciata convincere a fare un giro in macchina.

« E poi io ormai lo dovrei sapere come sono i giovanotti. Anche quelli che ti fanno gli occhi dolci, che ti dicono le paroline tenere... si vogliono divertire, e basta. Da una parte ha fatto meglio il dottore, che almeno è andato per le spicce. »

« Mi fa ridere mamma, coi suoi progetti matrimoniali. Ai suoi tempi forse era così. Oggi un giovanotto non ci pensa nemmeno a sposarsi. Cerca solo l'occasione di divertirsi. »

Forse in provincia era diverso, il buon nome bastava a proteggere una ragazza. « Fossimo rimasti a Padova, un fatto come quello di ieri non sarebbe accaduto. Lì un giovanotto non si azzarda a prendersi certe confidenze con una ragazza di buona famiglia. È che a Padova ci si conosce tutti, mentre qui, chi ti conosce? Sei una delle tante: un giovanotto cerca subito di approfittare dell'occasione. » E lei, al dottore, l'occasione gliel'aveva offerta. Era pronta a scusarlo: perché si rendeva conto di averlo provocato: « Sono andata a mettermi proprio quel vestito ». Era talmente corto che stando in piedi aveva i ginocchi scoperti: figuriamoci seduta.

Approfittando che in casa non c'era nessuno, entrò in camera della mamma. Aprì l'anta dell'armadio con lo specchio in cui ci si poteva vedere da capo a piedi. Si guardò a lungo, compiacendosi del suo aspetto. Non si guardava il viso, si guardava il petto, i fianchi, il sedere... Anche i giovanotti abbassavano subito lo sguardo: « Li interessa il corpo, mica il viso ».

Non la guardavano solo i giovanotti, anche gli uomini fatti, anche quelli anziani. « In fondo, potrebbe essere una soluzione » pensò Anna. L'indipendenza se la poteva conquistare anche così, diventando l'amante di un uomo ricco. Tanto meglio se anziano: le avrebbe dato meno fastidio. « Ci potrei fare i patti prima, che venisse da me solo una volta la settimana. » Un tempo s'era messa in mente di fare l'infermiera. Un'infermiera deve accudire ai malati, anche a quelli vecchi. Le prime volte, le farà anche schifo, poi diventa un'abitudine. « Diventerebbe un'abitudine anche andare a letto con un vecchio. Preferirei un vecchio a un giovane. Anche questa è un'idea, che a una ragazza debbano piacere i giovanotti. Io ne ho conosciuti tanti, e non me n'è piaciuto nessuno. »

Qualcuno le era anche piaciuto, ma perché era poco giovanile... perché aveva un'aria posata. Come quel suo compagno della scuola di stenografia. Ma dei giovanotti intraprendenti, brillanti, che incontrava alle feste da ballo in montagna; di quelli che si davano da fare con le ragazze: non glien'era piaciuto mezzo. Anche alle feste, ci andava più che altro per contentare sua madre: « Io, ne avrei fatto volentieri a meno ».

Anna aveva la fortuna di riuscire ad accomodare i ricordi come le tornava meglio. Le pareva di non aver mai fatto la stupida con un giovanotto, di non aver mai tenuto all'eleganza, di essere andata controvoglia a ballare... I ricordi che avrebbero potuto smentirla, erano stati cancellati dalla sua mente. Nino, Franco, Armando, tutti quelli che le avevano strappato un appuntamento, una promessa, qualche bacio, era come se non fossero mai esistiti.

Ma il ricordo del dottore era troppo recente perché potesse cancellarlo o svisarlo. L'umiliazione la teneva sveglia la notte. Come aveva potuto lasciargli fare il suo comodo fino a quel punto!

Avrebbe pagato chissà cosa perché non fosse avvenuto. Avrebbe rinunciato al viaggio all'estero.

Ne parlavano a tavola, di questo famoso viaggio. Giorgio diceva che lui non era curioso di girare, che non gliene sarebbe importato nulla di vedere Budapest o Parigi...

Anna stava zitta. Pensava che lei non solo avrebbe voluto vedere tutte le città del mondo; avrebbe voluto anche viverci. Le sarebbe piaciuto essere tedesca, ungherese, francese, spagnola... E appartenere a tutte le condizioni sociali: ricca, povera, principessa, popolana. Avrebbe voluto vivere cento vite. Il guaio era che ne aveva a disposizione una sola...

« A proposito, quand'è che devi tornare dal dentista? » domandò la mamma.

« Oggi pomeriggio » rispose lei.

Si stava lavando le mani quando la signorina la introdusse. La guardò sbalordito. Lei invece era tranquilla: lo salutò cortesemente e sedette sulla poltrona.

S'era rimesso lo stesso vestito dell'altra volta. Sedendosi, le era risalito fino a mezza coscia. Non si curò di tirarlo giù: tanto, era senza calze.

Quando le venne vicino, lo fissò negli occhi. Anche lui aveva riacquistato la tranquillità; le parve addirittura che un risolino malizioso gl'increspasse le labbra:

« È stata al mare in questi giorni? Vedo che è abbronzata... » e tornò a guardarle le gambe.

« No. Ho preso il sole in terrazza. » Aggiunse: « La terrazza è di tutti, ma subito dopo mangiato non ci va nessuno, così ne approfitto per prendere il sole. C'è il rischio d'incontrare qualcuno per le scale... »

Sopra il costume si metteva la vestaglia, che si levava in terrazza. Si sdraiava in un angolo da cui poteva sorvegliare la porticina d'ingresso: pronta a rimettersi la vestaglia se veniva qualcuno. Se la rimetteva anche se era una donna di servizio. Le dava quasi più fastidio farsi vedere spogliata da una donna che da un uomo. Con la madre erano guerre, perché le entrava in camera senza bussare. « Anche lei mi sembra bello abbronzato, dottore. »

« Sono stato al mare domenica. »

« Dove, a Ostia? »

« No, a Fregene; a Ostia c'è troppa gente. »

« Io a Fregene non ci sono mai stata. Ci si va solo in macchina, vero? »

« Sì » rispose il dottore.

« Be', mi faccia questa otturazione che la prossima settimana me ne vado in vacanza. »

« Sarebbe stato meglio fare un'altra medicazione... Ma se proprio ha necessità di partire... »

Si chinò su di lei, e Anna risentì il buon odore di acqua di colonia. Ma non se ne lasciò più stordire. Era decisa a vendicarsi, non sapeva ancora come. Sperava che il dottore congedasse la signorina, in modo da restarci a tu per tu.

La seduta durò una buona mezz'ora: durante la quale il dottore sembrò intento unicamente al suo lavoro. Dopodiché le fece le raccomandazioni d'uso: « Stasera, stia attenta a non mangiarci. Mangi solo dall'altra parte. No, da domani ci può mangiare tranquilla... Vuole vedersi nello specchio? ».

« Sì » rispose Anna. Cercava ogni pretesto per rimanere. La sua speranza era sempre che la signorina se ne andasse.

L'occasione sembrò presentarsi quando il dottore non ebbe da farle il resto. Voleva restituire il foglio da cinquanta:

« Le manderò il conto a casa ».

« No, i conti preferisco regolarli personalmente » disse guardandolo con intenzione.

« Mi vada a cambiare, signorina... Lasci stare, cambio io ora che scendo. »

In ascensore le disse: « Beata lei che se ne va in vacanza. Io devo aspettare agosto per prendermi un po' di ferie ».

Diventò più disinvolto quando se ne fu andata la signorina. Arrivò a dirle: « Speriamo che abbiano da cambiare in questo caffè... sennò bisognerà andare in Via Veneto. Si ricorda che gliel'avevo proposto, di prendere l'aperitivo in Via Veneto? ».

Al caffè avevano da cambiare. « Lei cosa prende? »

« Niente, grazie. »

« Niente nemmeno io. Mi cambi e basta » disse alla cassiera. Diede il resto a Anna: « Ecco, ora siamo pari ».

« Proprio pari non direi » rispose Anna.

« Posso accompagnarla con la macchina? Almeno fino a Porta Pinciana: io vado sempre a Via Veneto a prendere l'aperitivo. »

« Gliel'ho detto, la circolare esterna mi porta proprio a casa. »

« A Porta Pinciana ci passa la circolare interna. Va in Prati anche quella. »

« Sì, ma poi mi toccherebbe fare un pezzo a piedi. »

Non si decidevano a lasciarsi, lei voleva per lo meno dirgli qualcosa che lo ferisse; lui forse era tentato di riprovarci. La vendetta poteva essere quella, accettare l'invito in macchina, fargli credere che stavolta ci sarebbe stata, e invece... No, la vendetta vera era starci per davvero, fargli perdere la testa, e dopo renderlo geloso, lasciarlo...

« Dove va in vacanza? »

« A Parigi » rispose con indifferenza, come se per lei fossero una cosa abituale i viaggi all'estero. « Quest'anno mi tocca saltare il mare, perciò prendo il sole in terrazza... »

« Se domenica fosse libera, potremmo andare a Fregene » buttò là il dottore.

« Bisogna vedere se è libero mio fratello » rispose pronta Anna. Gli guardò la faccia delusa: « Mica penserà che venga da sola con lei. Ciao, dottore » disse tornando a trattarlo con quella confidenza che c'era stata tra loro per pochi minuti solamente.

« Buonasera... signorina » balbettò lui.

Non doveva averci capito niente. Era proprio uno stupido. « Il guaio è che con gli stupidi non ci si può nemmeno vendicare » pensava Anna stizzita aspettando il tram. O forse s'era resa conto che vendicarsi non dava piacere.

CAPITOLO QUINTO

ALLA PERIFERIA

Il ritorno dalla villeggiatura non cambiò di molto le sue abitudini. L'Università si sarebbe aperta solo dopo i Santi; tolto il pomeriggio del sabato, in cui doveva recarsi alla premilitare, Ferruccio aveva l'intera giornata a disposizione.

Il padre s'era raccomandato che cominciasse a guardarsi qualcosa di Legge; e gli aveva passato due grossi volumi, che risalivano a molti decenni prima, ma che secondo lui erano sempre un utile avviamento allo studio del Diritto. Ferruccio li aveva messi sul tavolo, ma si guardava bene dall'aprirli. La madre invece, vedendo che passava troppe ore chiuso in casa, gli diceva: « Esci! Goditi questi ultimi giorni di vacanza ».

Ferruccio la mattina restava in casa, ma il pomeriggio lo dedicava a lunghe scorribande per la città. La sua meta preferita erano le librerie d'occasione e le bancarelle del centro. Ci trovava qualche romanzo da comprare, ma più spesso era il piacere di starsene in mezzo ai libri, di scorrerne i titoli, di prenderne in mano qualcuno e darci un'occhiata.

Il suo stato d'animo non subiva cambiamenti. Era costantemente quieto e felice, costantemente concentrato nel pensiero di Bianca e della futura attività di scrittore. E non erano due pensieri diversi, ma lo stesso pensiero. Egli non concepiva nemmeno che si potesse non essere innamorati di Bianca e far qualche altra cosa che non fosse lo scrivere. Per la verità, era trascorso un mese dal ritorno a Roma e non aveva ancora scritto una riga. Ma i fogli bianchi erano pronti nel cassetto e il tavolo che un tempo gli era servito per studiare ora gli appariva indubitabilmente come la scrivania del romanziere. Sulla mensola occupata prima dai libri di scuola si allineavano i romanzi che andava via via comprando. Aveva smesso di fumare il giorno stesso del ritorno a Roma e aveva anche deciso di non andare più al cinema: sopprimendo quelle abitudini, aveva inteso marcare meglio l'inizio della nuova vita. Il mensile ora lo spendeva tutto nell'acquisto di libri.

Continuava coscienziosamente a leggersi quei ponderosi romanzi tedeschi, francesi, inglesi e americani. Ma non avrebbe saputo dare un giudizio su di essi. Confusamente andava in cerca di ciò che gli riempiva l'animo, senza trovarlo. Quegli scrittori sembrava si occupassero di tutt'altre cose. Uno si occupava di problemi sociali (così era detto nel risvolto della copertina) e infatti nei suoi romanzi non si parlava che di disoccupati, di reduci, di prostitute. Un altro era preso tutto dai problemi del sesso; ma l'amore era per Ferruccio un'altra cosa, un sentimento dolce, tranquillo, senz'ombra di sensualità né di passione. Un terzo trattava argomenti religiosi e morali: il protagonista del suo romanzo era un prete, che faceva discorsi interminabili, nei quali Ferruccio, per quanta buona volontà ci mettesse, non riusciva a capir nulla.

Una volta compiuto il dovere di leggere qualcuno di quei grossi romanzi, lo riponeva sulla mensola e non sentiva più il bisogno di riprenderlo in mano. Ma uno dei volumi della « Medusa » non passava giorno senza che fosse tentato di sfogliarlo. Era una presentazione dei romanzieri stampati nella collezione. Per ognuno era riportata una fotografia, una notizia biografica, un breve profilo critico, finalmente qualche pagina di saggio, una novella o il brano di un romanzo. Le fotografie soprattutto attraevano Ferruccio. I romanzieri generalmente si erano fatti ritrarre dietro la scrivania: con la sigaretta in mano, e lo sguardo stanco e trasognato di chi ha appena smesso di lavorare. Qualcuno aveva avuto il cattivo gusto (così almeno pareva a Ferruccio) di farsi fotografare in altre pose, all'aria aperta, e uno si trovava a bordo del suo panfilo, uno addirittura era ritratto in costume di sciatore. Ma anche tra i romanzieri in posa dietro la scrivania, non tutti erano correttamente vestiti. Alcuni erano in maniche di camicia, altri in maglione. Ferruccio pensava che lui per farsi fotografare avrebbe scelto un abito scuro. Avrebbe avuto davanti un pacco di fogli bianchi, nella destra la stilografica e nella sinistra la sigaretta (quando fosse diventato uno scrittore avrebbe ricominciato a fumare). E sulla scrivania sarebbe stato bene in vista un ritratto, il ritratto di Bianca.

Leggeva con avidità le notizie biografiche. Quegli scrittori avevano avuto quasi tutti inizi difficili, erano stati costretti, per vivere, ai più svariati mestieri: impiegato di banca, commesso di negozio, maestro elementare, qualcuno aveva dovuto perfino adattarsi a lavori manuali. E i loro manoscritti sulle prime non avevano trovato un editore.

Di quasi tutti poi era detto che s'erano sposati giovanissimi.

Fu così che Ferruccio capì che avrebbe sposato Bianca. Fino ad allora quell'idea, la più normale per un innamorato, non gli era nemmeno passata per la testa.

Cominciò subito a immaginare nei più minuti particolari come sarebbe stata la sua vita con Bianca. Certamente, pensava, si sarebbero stabiliti alla periferia. Era questo segreto pensiero che lo guidava ora nei suoi vagabondaggi solitari. Scopriva sempre nuovi quartieri al limite tra città e campagna, pieni di quel sottile fascino che emana da tutto ciò che si trova ai margini, che non ha un carattere preciso.

Un pomeriggio era giunto fino alla Madonna del Riposo. Le strade quasi di campagna fiancheggiate da siepi di sambuco, gli orti e i campicelli che erano al di là delle siepi, le misere baracche, qualche grosso casamento o qualche villetta che gli si parava inopinatamente davanti, tutta quella periferia disordinata ed eterogenea sembrava esprimere col muto linguaggio delle cose lo stesso sentimento che era al fondo dell'anima sua. Anche le persone sembravano spogliate della grossolanità di cui è rivestita l'umanità comune. La vista di un uomo che zappava in un orto gli dava un brivido di piacere, la voce della donna che chiamava il figlio aveva una rispondenza nel suo cuore, e così gl'innamorati che parlavano nel cerchio di luce del lampione, e la servetta che scendeva in città con la bottiglia del latte. Ferruccio non aspettò, come le altre sere, che il calar della notte lo risospingesse verso il centro. Tornò indietro in fretta, prese il tram al capolinea, un altro passato il ponte, e in mezz'ora fu a casa. Tirò fuori il pacco di fogli e cominciò a scrivere. Non scriveva una novella, semplicemente si provava nella descrizione di un paesaggio di periferia. Riempì in fretta un mezzo foglio, poi non fu più capace di andare avanti. Rilesse quello che aveva scritto e rimase deluso. Sì, egli aveva tentato di descrivere l'uomo che zappava nell'orto, la voce della donna che richiamava il figlio, la servetta che scendeva in città con la bottiglia del latte, ma dell'incanto che c'era nei gesti misurati dell'uomo o nel richiamo della donna, non si conservava tracce nelle sue parole. Ed era bene quell'incanto che avrebbe voluto far rivivere. Sconfortato, accartocciò il foglio e lo buttò nel cestino.

Non sapendo che fare, prese un libro comprato il giorno prima. S'intitolava *Gente di Dublino* e ne era autore James Joyce. Lesse i primi tre racconti, poi si stancò e rimase senza far niente seduto al tavolo, in attesa che lo chiamassero per la cena.

Si era ormai a metà novembre, ma il tempo si manteneva bello. La mattina Ferruccio andava all'Università, dove aveva cominciato a seguire due corsi; il pomeriggio usciva di casa subito dopo mangiato, prendeva la circolare, scendeva dopo il ponte e proseguiva verso la periferia. Il vagabondaggio in periferia gli era ormai indispensabile: solo lì ritrovava la pace del cuore. A lungo fantasticava su quella che sarebbe stata la sua casa, la casa dove sarebbe andato a vivere con Bianca. A volte sceglieva una villetta bassa, col giardinetto intorno. A volte invece lo attraeva un alto palazzo sorto in uno scasso del terreno. Ma si può dire che non c'era fabbricato che non avesse un fascino per lui.

Anche ricercava alla periferia i motivi della sua ispirazione. E non che questi motivi mancassero, anzi! Tutto alla periferia gli pareva degno di nota: i grandi viali asfaltati; le zone incolte, tutte buche e monticelli, dove giocavano i ragazzi e correvano i binari dei décauville; gli orti che sopravvivevano tra le nuove costruzioni; le osterie all'aperto protette da pergolati o da graticciate verdi. Soltanto a descrivere tutto questo, non si sarebbe finito più. Ma egli sentiva che in ogni caso una descrizione sarebbe stata insufficiente. Bisognava ambientare alla periferia una vicenda, ma che specie di vicenda?

Un giorno capitò in un quartiere nuovo passato Ponte Milvio. Era un insieme di casamenti grigi, dai cortili tetri che s'intravedevano oltre i grandi androni. Anche qui però la periferia aveva imposto la sua legge di eterogeneità e di disordine. Ferruccio se ne accorse appena oltrepassato l'ultimo blocco. La strada asfaltata, coi marciapiedi larghi, continuava a salire leggermente. Ma Ferruccio si fermò perché era ormai il crepuscolo. Da una parte si ergeva una collina che egli giudicò una propaggine di Monte Mario: le sagome di alcuni pini e una fila di cipressi si profilavano nette contro il cielo incendiato dal tramonto. Dall'altra parte, verso il Tevere, si stendeva un accampamento di casupole. Ferruccio sostò a guardare in quella direzione. Era tutto teso come nell'imminenza di una scoperta. Non voleva tornarsene ancora una volta a casa a mani vuote! Frugava con lo sguardo nell'aria di cenere, tra i fumi che si levavano dalle baracche e la nebbiolina che saliva dal fiume. Ma in quale libro aveva già trovato la descrizione di un ammasso di casupole al crepuscolo?

A un tratto ricordò che era in uno dei racconti di *Gente di Dublino*. Lo scrittore paragonava le casupole al crepuscolo a un gruppo di vagabondi che stessero per alzarsi, scuotersi la polvere di dosso e riprendere il cammino. Ferruccio ricordò che Joyce sembrava prediligere anche lui i paesaggi di periferia e l'ora del crepuscolo. Colpito da questa scoperta, si sentì pronto per il ritorno.

Arrivò a casa che mancava sempre più di un'ora alla cena. Si chiuse in camera e riprese il libro che aveva letto un mese prima senza che gli facesse nessuna particolare impressione. Dapprima lo sfogliò per ricercare quel passo in cui alcune casupole erano paragonate a un gruppo di straccioni. E rimase un po' deluso, perché non rendeva l'impressione che aveva provato poco prima, davanti all'ammasso di baracche tra i fumi del crepuscolo. Poi rilesse il secondo racconto, intitolato *Un incontro*. Parlava di una scappata di due ragazzi che invece di andare a scuola vagabondano per la città. Anche qui trovò l'eco di un'impressione che gli pareva di aver già provato, l'impressione che danno certe mattinate limpide e luminose, quando i rumori della città e l'affaccendarsi della gente mettono addosso una piacevole eccitazione, e si sente il desiderio di fare, di muoversi, di partire in cerca di avventure... Quella sera Ferruccio a cena era irrequieto, tanto che la madre gli domandò cos'aveva. Egli non rispose, ma lo sapeva bene che aveva: aveva l'impressione di non essere più solo, perché c'era stato già qualcuno che aveva provato i suoi stessi sentimenti ed era stato anzi capace di esprimerli.

CAPITOLO SESTO

LA VITA SI ASSESTA PER GIORGIO, NON PER ANNA

Dacché s'era impiegato Giorgio conduceva una vita molto metodica. Le domeniche le passava tutte allo stesso modo: la mattina si alzava tardi; con un giretto trovava l'ora di pranzo; nel pomeriggio si vedeva con Trevisan, un Accademista della Farnesina.

S'erano conosciuti a una partita: il fatto di essere compaesani li aveva resi subito amici. E poi avevano gli stessi gusti: le carte, gli spettacoli di varietà, le ragazze fermate per strada.

Il pomeriggio domenicale cominciava con un grappino al bar dove avevano appuntamento.

« *Cin cin* » disse Trevisan.

« *Cin cin* » rispose Giorgio. Posò il bicchierino sul banco, si strinse la cintura dell'impermeabile e disse all'amico: « Andiamo ».

« Hai guardato gli spettacoli? » gli domandò Trevisan appena usciti dal locale.

« Sì, e non c'è niente che valga la pena di vedere » rispose Giorgio.

Trevisan si batté il pugno sul palmo della mano: « L'avessi detto a Sancisi e Paolini, saremmo potuti andare a casa tua a fare un ramino ».

« Con quei morti di fame? che se perdono mezza lira svengono. »

Trevisan si mise a ridere. « Vogliamo andare al Pincio? » propose.

« A far che? »

« A cercare qualche ragazza. »

« E ammesso che la trovi, dove la porti? Per quelle cose lì, o hai la macchina, o niente. »

« L'anno scorso volevo farmela » cominciò Trevisan. « Ma che vuoi, non mi conviene, sono libero solo il pomeriggio della domenica. »

« Se ti ritrovi tanti quattrini, come mai sei finito all'Accademia? »

Trevisan diventò rosso:

« Mio padre aveva l'idea dell'impiego. E siccome il maestro non lo volevo fare, ha pensato che l'insegnante di educazione fisica era ancora la cosa migliore ».

« Uhm » fece Giorgio. « Io soltanto la noia di dover portare una divisa... Se penso che presto mi toccherà fare il soldato mi vengono i brividi. »

« Quando devi andar sotto? »

Giorgio per tutta risposta fece un commento sul tempo. Quando Trevisan gli domandò dove aveva intenzione di andare, rispose con un gesto vago in direzione di Monte Mario.

Giorgio era così, il suo comportamento era imprevedibile. Avviava una conversazione, e la interrompeva di botto; dava risposte brusche o non rispondeva affatto; faceva una domanda e non aspettava la risposta. In questo modo s'imponeva agli amici e ai colleghi d'ufficio, come un tempo s'era imposto ai compagni di scuola e di giochi.

Avevano imboccato un viale asfaltato che doveva essere stato fatto di recente perché i marciapiedi non erano ancora sistemati. In alto c'era una collina boscosa; in basso, in una spianata a poca distanza dal fiume, un accampamento di baracche.

Una ragazza uscì da una di quelle baracche e andò a ritirare i panni appesi a un filo. Sembrava graziosa, e anche vestita con una certa eleganza. Trevisan diede una gomitata a Giorgio:

« Mica male, eh? E dire che abita in un tugurio... ».

« Bisognerebbe vederla da vicino » disse Giorgio.

« E quelle due di domenica? Scommetto che ci vanno, all'appuntamento. »

« Mettiamoci lì » disse Giorgio.

Si stesero sul pendio erboso. Trevisan accese una sigaretta, e Giorgio giocherellò con un filo d'erba. Alla fine lo buttò via dicendo:

« Domani parto per il militare ».

Trevisan lo guardò sorpreso:

« E me lo dici così, come se fosse una cosa da nulla? ». Si sforzò di ridere: « Ora lo imparerai anche tu cos'è la naia ».

« Non sarà peggio dell'ufficio » rispose Giorgio.

« E la disciplina, dove la metti? E il fatto della divisa. E che un imbecille, solo perché ha un rigo sulla manica, debba avere il diritto di darti degli ordini. »

Giorgio non lo stava a sentire. Guardava la città distesa in basso e, al di là, il profilo di un monte. E gliene venne un vago rammarico per non aver fatto domanda negli alpini.

In fanteria, è vero, si sgobbava meno. E lui ormai era uno sfaticato. Da ragazzo aveva il diavolo addosso, non poteva star fermo; era sempre a correre e saltare. Ora, invece...

« Andiamo » disse alzandosi.

Scesero dalla collina dell'Osservatorio. Avviandosi al capolinea dell'autobus, Giorgio disse:

« Qui ci giocavo quand'ero ragazzo ».

« Qui? » fece Trevisan stupito. Su quello che un tempo era uno spiazzo abbandonato sorgeva ora un blocco di palazzi.

L'uomo che doveva diventare suo marito Anna lo incontrò a una festicciola. La colpì perché non era giovane come gli altri.

Se ne stava da una parte, imbarazzato. Non si capiva perché fosse lì. Era a mezza strada fra le madri che presiedevano alla festa e la gioventù che vi partecipava.

Anche Anna si sentiva un po' a disagio: le ragazze erano tutte più giovani di lei, qualcuna doveva avere appena quindici o sedici anni. Trovò naturale mettersi a discorrere con quell'uomo alto e magro. Secondo il suo solito, attaccò con le domande: chi era, che cosa faceva, perché si trovava lì. Era un avvocato, che non esercitava la professione. Si trovava lì perché era un vecchio amico di famiglia...

« Lei non è romano? »

« No. Marchigiano. Di Recanati » aggiunse con un sorriso.

Fortunatamente Anna ricordava che era il paese natale di Giacomo Leopardi. Poté anzi fare sfoggio delle sue conoscenze scolastiche: l'Italiano, era la sola materia in cui andasse bene, e le poesie del Leopardi, quelle che le piacevano di più.

La mamma le lanciava continue occhiate di rimprovero. L'aveva portata alla festa perché conoscesse qualche giovanotto, e se ne stava da una parte con quell'uomo anziano... Curvo, mezzo calvo, dimostrava più degli anni che aveva.

Le stava dicendo che in una festa di giovani si sentiva fuori posto. Anna si affrettò a dire che per lei era lo stesso.

« Ma lei è giovane... Quanti anni ha, scusi? »

« Ventitré » rispose Anna aumentandoseli. Si mise a parlar male dei suoi coetanei. Disse che non ci si poteva fare un discorso serio.

« I giovani non hanno pensieri » li scusò lui.

« No, è che non hanno cervello... Lei scommetto non era mica come loro. »

« Sa, ai miei tempi era diversa. Quando presi la laurea, era già cominciata la crisi. Trovare un posto era difficile. La laurea era addirittura un ostacolo: valeva più avere un diploma... »

« Come mai? »

« Perché i diplomati erano pagati meno. Così erano assunti a preferenza, tanto nelle amministrazioni pubbliche che negl'impieghi privati... Gl'ingegneri erano a spasso e i periti industriali avevano il loro posticino... Oggi è diversa, specie nel ramo tecnico i laureati vengono assorbiti con una certa facilità. Sa, con tutta questa industria degli armamenti... »

« Crede che ci sarà la guerra? »

« Speriamo di no. Io ero un bambino, ma me ne ricordo bene... Nella vita è difficile raggiungere quello che si desidera. Io avevo preso Legge perché volevo fare l'avvocato... e mi son dovuto contentare di un impiego. »

Venne a invitarla il figlio della padrona di casa: Anna non poté rifiutarsi di farci un ballo. Ma rifiutò di ballarci guancia a guancia, come usava quell'anno.

Il ballo si svolgeva nella sala da pranzo e nel corridoio. Nella sala da pranzo, avevano spostato i mobili per far posto nel mezzo.

Tornando in salotto, ebbe la sorpresa di vedere che l'avvocato era seduto vicino alla madre. Vedendogli tirar fuori le sigarette, si fece avanti:

« Me ne dà una? ».

Quello fu costretto ad alzarsi per accendergliela, perché Anna non si sognò di chinarsi. « Venga con me » gli disse tra i denti.

L'avvocato la seguì nella sala da pranzo. Trovarono un cantuccio libero. « Mi dica almeno grazie » fece Anna.

« Di che? »

« Di averla liberata da mia madre. Quando attacca un discorso non la fa più finita... »

« Mi domandava se avevo conoscenze al ministero delle finanze. »

« Ah, per mio fratello » disse Anna.

« Già. Dice che è sempre avventizio e ora, col fatto che è militare... »

Anna lo interruppe:

« Lei trova brutto che una donna fumi? »

« No no » si affrettò a risponderle.

« Ora le ragazze fumano tutte: guardi qui, non ce n'è una che non fumi. Ai miei tempi una ragazza che fumava dava scandalo. Io in pubblico non mi sarei mai azzardata a fumare. Lei quando ha cominciato? »

« In collegio. Sa, col fatto che era proibito... Le cose proibite, hanno un fascino speciale. »

Una settimana dopo Anna ricevette una lettera. Da principio non si raccapezzava, l'avvocato le era già passato di mente.

Lo zio Mario fece da testimonio alle nozze. Il padre non si fece vivo nemmeno in quell'occasione. Le dispiacque di più del fratello, che all'ultimo momento non poté venire: a causa del pericolo della guerra, erano state sospese tutte le licenze.

In viaggio di nozze andarono a Napoli. I parenti li accompagnarono alla stazione. Anna cercava disperatamente un viso amico e non essendoci Giorgio si gettò singhiozzando nelle braccia dello zio Mario.

Benché il fidanzamento fosse durato meno di un anno, Anna aveva avuto tutto il tempo di ripensarci. Specialmente nei due mesi passati lontano da Roma. Carlo avrebbe voluto raggiungerla in montagna, ma lei trovò una quantità di scuse per impedirglielo.

Faceva lunghe passeggiate da sola o con la figlia della

loro padrona di casa, una ragazzina di dodici anni. Compì scrupolosamente tutti i pellegrinaggi sentimentali che si sentì in obbligo di compiere, volle cioè rivedere tutti i posti in cui era stata insieme col fratello. Gli altri ricordi (quelli dei giovanotti che le erano stati dietro, da cui magari aveva acconsentito a farsi baciare) erano svaniti dalla sua mente.

Non era stata una vacanza molto diversa dalle altre. Avevano solo anticipato il ritorno a Roma per i preparativi del matrimonio.

Anna continuava a non pensare a niente. Continuò ad avere la testa vuota anche durante la cerimonia, anche durante il pranzo: solo in treno si rese conto del passo compiuto.

Carlo s'era alzato per sistemare le valige: cosa che a lei sembrò inutile:

« Tanto siamo soli ».

« Potrebbe sempre salire qualcuno... Mica possiamo occupare tutto il posto noi. »

Anna guardò le valige, che ora si trovavano tutt'e tre sulla reticella di fronte: due erano sue, l'altra di Carlo. Al ritorno, anche quella distinzione sarebbe caduta, la sua roba e quella del marito sarebbero state messe insieme.

Le stava di fronte anche Carlo. Guardava fuori dal finestrino. Anna osservò le striscie di capelli che nascondevano un po' la calvizie: pensò che le sarebbe piaciuto di più se fosse stato calvo del tutto. Osservò il naso lungo: quand'era voltato di tre quarti, si notava maggiormente. Le guance scure di barba. Il mento sfuggente. Il pomo d'Adamo, che saliva e scendeva.

Non le importava che fosse brutto. L'aveva scelto apposta brutto. Come l'aveva scelto apposta anziano. Almeno, le raccontava cose che lei non sapeva. Mentre un coetaneo, che avrebbe potuto raccontarle?

Gli guardò le mani: magre, ossute, con una fitta peluria nera sul dorso. Carlo era molto peloso addosso: se n'era accorta una volta che erano stati insieme a Ostia. Forse si vedeva di più perché aveva la carnagione bianca. Era il primo bagno della stagione, ma lui le aveva detto che non diventava mai scuro.

Si guardò le sue, di mani. Rigirò la fede. Da quando le era stata infilata, non faceva che rigirarla. Era buffo, sentirsi quel cerchietto al dito. Non era certo il primo anello che portava, ma gli altri, erano con una pietra, non li poteva rigirare.

Mentre in questo, non c'era né il sotto né il sopra. Era un semplice cerchietto, appunto.

Eppure, avrebbe voluto dire tanto per lei. Non pensava al cambiamento della sua vita a Roma, per quanto se lo potesse immaginare anche nei particolari (era già pronto l'appartamento, era già stata fissata la donna di servizio). Pensava al cambiamento più immediato e più profondo, che sarebbe avvenuto di lì a poche ore in una città sconosciuta. Le sembrò uno sconosciuto anche l'uomo che avrebbe messo fine alla sua condizione di ragazza. « Un anno fa nemmeno sapevo che esistesse... ora è mio marito. No, non lo è ancora... ma lo diventerà presto. Vediamo, quante ore mancano perché diventi davvero mio marito? »

Guardò l'orologio: erano le quattro e un quarto. « Alle otto andremo a cena... Alle nove avremo finito... Potrei dirgli che ho voglia di fare una passeggiata. Ma alle dieci, alle dieci e mezzo al più tardi saremo di ritorno... »

Ancora sei ore, sei ore e mezzo al massimo, e lei non sarebbe stata più la stessa. Avrebbe perduto il solo bene che possedeva, la sola cosa che la rendeva preziosa agli occhi propri e altrui...

Le era venuto fatto di appoggiare la testa alla spalliera imbottita e di chiudere gli occhi. Carlo le domandò se era stanca.

« Un po'. Tornassi indietro, non farei più il pranzo. C'era stato il rinfresco, bastava quello. »

« Tanto bisognava trovare l'ora della partenza. »

« Non c'era un treno prima? »

« C'era all'una, ma saremmo arrivati troppo presto... »

Anna capì quello che intendeva dire: era inutile arrivare prima di sera. « Dove si va a cena? »

« Si può cenare anche lì in albergo. Forse è più comodo... »

Anche lui s'era appoggiato con la testa alla spalliera. Anche lui guardava di continuo l'orologio. Manifestò perfino segni d'impazienza quando il treno si fermò in aperta campagna.

« È lontano l'albergo? »

« No. È proprio in piazza della stazione. »

« L'hai scelto per questo? »

« L'ho scelto perché m'è stato raccomandato... Certo è anche più comodo. Non c'è bisogno di prendere il taxi, si può andare a piedi, non c'è che da attraversare la piazza. »

« E le valige? Quella mia nera è pesante... »

« Le valige, si trova qualcuno che ce le porti. » Sorrise: « Non lo sai come sono a Napoli? Tutti pronti a renderti un servizio... a pagamento, s'intende. Bisogna contrattarci prima, sennò t'imbrogliano. A Napoli — continuò — le strade sono sempre piene, a tutte le ore. Sembra che nessuno lavori. Le donne, stanno anche loro in strada. Ci cucinano perfino. Nei rioni popolari vivono così. »

Anna batté le mani:

« Mi ci porti a vederli? ».

« Certo che ti ci porto. A Napoli, a parte il panorama, non c'è mica altro da vedere. La sera specialmente è una baldoria. Cantano, suonano dappertutto... »

« Allora è una città che va bene per me » disse Anna. « Io la sera non andrei mai a letto » aggiunse senza pensarci. Si alzò e gli si mise vicino: « Sei sicuro che andremo d'accordo? » Lo prese sottobraccio: « Siamo talmente diversi... Tu sei ordinato, preciso; io invece sono una zingara... ».

« Quando avrai la responsabilità della casa, cambierai. »

« Senti, Carlo. » Non sapeva come cominciare. Gli aveva preso la mano (gli prendeva sempre la mano quando stavano vicini; gliela prendeva anche in presenza d'altri, anche in presenza del fratello). « Ti prego, non ridere di quello che sto per dirti... »

« Di', su. Parla, non aver paura. Se c'è qualcosa che ti preoccupa... »

« Mi piaci perché mi capisci. Anche ora hai capito che avevo una preoccupazione. E sai anche cos'è... »

« No, non lo so. »

« Non lo sai, ma te lo immagini. »

« Veramente... non me lo immagino nemmeno. O forse sì. » Anna lo guardò piena di speranza. « È sempre la solita storia, che non sai se ti riuscirà fare la padrona di casa... » Anna ci restò male, ma lui non se ne avvide.

Quando l'Italia entrò in guerra sia il marito che il fratello furono richiamati, ma il marito poco dopo venne rimesso in congedo.

Giorgio in quel tempo era fidanzato con una certa Luisa: una ragazza di modeste condizioni, per di più bruttina. Alla fine dell'anno si sposò; subito dopo lo mandarono in Albania. Qui fu ferito in modo anche abbastanza grave, ma loro per fortuna lo seppero solo dopo il rimpatrio. La campagna di guerra e la ferita gli avevano procurato un aumento di stipendio, ma le sue condizioni economiche continuavano a essere poco buone.

Anna andava a trovarlo spesso, benché abitasse all'altro capo della città. Ogni volta veniva via con l'animo amareggiato. Non era tanto il fatto che vivessero in un casamento popolare e che dovessero fare economia su tutto; era la loro ristrettezza di spirito ad amareggiarla. Le pareva impossibile che Giorgio si fosse ridotto in quel modo, che si contentasse di un'esistenza così misera.

Non che la sua situazione fosse migliore: con Carlo i litigi erano continui; erano quasi arrivati alla rottura, quando lui fu richiamato di nuovo.

Anna stette mesi senza ricevere lettere. Alla fine ebbe la notizia che era prigioniero.

Poco tempo dopo incontrò Ferruccio. Non lo vedeva da molti anni, ma lo riconobbe subito.

Fece finta di nulla, ma lui si affrettò a tornare indietro:

« Signorina Gromo. Non mi riconosce? Io ero amico di suo fratello, venivo spesso in casa loro... ».

Anna lo guardava divertita: era rimasto lo stesso anche nel modo di fare, timido, impacciato. Si decise a toglierlo d'imbarazzo:

« Lei è Ferruccio, vero? Scusi se la chiamo per nome, ma il cognome non me lo ricordo ».

« Fila. »

« Fila, già. Immagino che sarà dottore, professore... »

Lui fece un gesto come per dire che non aveva importanza. « E Giorgio? »

« Davvero le interessa sapere di Giorgio? »

Col coraggio improvviso dei timidi, Ferruccio disse:

« Veramente m'interessa più sapere di lei. Posso accompagnarla, signorina? ».

« Signora. Ma può accompagnarmi lo stesso... »

Così ebbe inizio la loro relazione. Quando Giorgio lo seppe, le fece una scenata. Disse che trascinava nel fango l'onore della famiglia e che la cosa era tanto più grave in quanto era la moglie di un combattente.

Anna l'ascoltò senza batter ciglio. « Tu non puoi capire » gli disse alla fine. « Hai la mentalità di un impiegatuccio. Se proprio lo vuoi sapere, sono io che mi vergogno di avere un fratello come te. »

Giorgio reagì schiaffeggiandola; lei lo mise alla porta. Ma dopo si buttò sul letto a piangere.

Durante il periodo clandestino, Ferruccio fu arrestato, e per alcune settimane lei temette per la sua vita. Fortunatamente finì bene.

Quello stupido di Giorgio s'era compromesso coi repubblichini e l'avevano epurato.

Carlo tornò dalla prigionia nell'estate del '45 e iniziò subito le pratiche per la separazione.

Alla fine dell'anno la situazione era la seguente: Anna conviveva con Ferruccio (stavano in una camera ammobiliata); la mamma era da Giorgio, a cui era nato un bambino.

Anna con Ferruccio era felice, ma non si nascondeva i pericoli della situazione. L'esperienza della vita le aveva pure insegnato qualcosa, e lei considerava con apprensione il fatto che la loro era un'unione irregolare e che Ferruccio aveva due anni di meno.

CAPITOLO SETTIMO

I DUE AMICI

Ferruccio usciva da un bar e Mario passava rasente al muro: si videro quando furono a un passo di distanza. Mario, più pronto nelle reazioni, esclamò: « Ferruccio! ». Si abbracciarono.

« Vieni da Milano? »

« Certo, da dove vuoi che venga? »

« I tuoi stanno bene? » domandò Ferruccio. « Voglio dire: anche tua moglie, anche la tua... » Si fermò: non era sicuro che fosse una bambina.

« Sì, anche la moglie, anche la figlia » rispose Mario allegro. « Già: ma tu non conosci... » Anche lui s'interruppe, preso da un improvviso imbarazzo. « Accompagnami » disse bruscamente. « Devo arrivare in questura. »

Ferruccio non fece obbiezioni, e s'incamminarono. Mario guardava diritto davanti a sé, con un sorriso a fior di labbro, che era il residuo dell'imbarazzo di poco prima. Camminava svelto, Ferruccio stentava a stargli a fianco. In fondo alla via, Mario fece un'improvvisa fermata per comprare le sigarette. Contrattava col ragazzino; le *Camel*, diceva di averle pagate 190 lire il giorno prima.

« Sei qui da ieri? » gli domandò Ferruccio.

« Da domenica » rispose Mario.

La questura era a pochi passi. « Vuoi salire anche tu? » fece Mario. « Oppure no, aspettami fuori. »

Rimasto solo, Ferruccio accese una sigaretta: ne aveva bisogno, per riordinare le impressioni. Lo aveva colpito il berretto con la visiera rialzata che Mario sembrava portare con disinvoltura, con compiacimento, quasi; e un che di eccentrico e di compiaciuto anche nel parlare, nel gestire. Come se volesse mettere in mostra la sua nuova professione di giornalista.

Era a Roma da quattro giorni, e non s'era fatto vivo con lui. Eppure il mese avanti gli aveva scritto una lunga lettera lamentando la solitudine: « Ho conosciuto un sacco di persone, ma non mi sono fatto un amico ». Aggiungeva: « A volte provo un bisogno acuto di averti vicino. Sei il solo con cui mi potrei intendere ».

Nella viuzza c'era un intenso movimento, come sempre di prima sera: i garzoni in bicicletta si facevano largo con grida e fischi tra i passanti frettolosi. Finito il lavoro, molti ne cominciavano un altro. Era un tempo in cui tutti si arrangiavano. Il fratello di Anna fabbricava apparecchi radio. Ferruccio si avvilì: erano tutti buoni a far qualcosa, meno che lui.

Ne aveva parlato anche con Anna: « Non mi avessero preso in quel giornale, saremmo morti di fame ». « Ti ci hanno preso perché sai scrivere » aveva replicato lei. « Non è niente vero: mi ci hanno preso per via delle amicizie politiche fatte durante il periodo clandestino. »

In ogni caso, quella di saper scrivere non gli sembrava una dote. Perfino i suoi amici erano meno inetti di lui. Dimostravano una capacità di adattamento alle nuove situazioni che a lui mancava nella maniera più completa.

Anna tentava di persuaderlo che ognuno riesce solo in una cosa: « Mio fratello ha attitudine per la meccanica. Sì, forse avrebbe attitudine anche per il commercio... ».

Gli ripeteva che le piaceva così com'era, con la testa nelle nuvole. Lui non se ne voleva persuadere. Pensava che glielo dicesse per consolarlo.

« Perché parli bene di tuo fratello? Vuol dire che ti piacciono le persone come lui. »

« Mio fratello non lo sto a giudicare: gli voglio bene,

e basta. Ma le persone che mi piacciono non sono certo come lui. »

« Chi ti piace? Sentiamo. »

« Quelli come te, gl'idealisti. »

« Io invece ammiro quelli che fanno la borsa nera. »

« E allora perché non ti sei messo a farla? »

« Perché non sarei stato buono. »

« Ci vuole assai... No, è che non ti sembra un'attività onesta. »

« Io ammiro i disonesti. »

« Se è una battuta, ci posso anche ridere. »

« Non sono mai stato tanto serio in vita mia. »

« Tu sei persuaso che a me piaccia la gente pratica, interessata... ed è vero che gli uomini sono quasi tutti così. Be', se mi fossi contentata di un individuo del genere, ne avrei trovati cento. Non avrei aspettato di ritrovare te, per innamorarmi... »

« Ma mi avevi già incontrato quando avevi sedici anni.»

« Sì, e tu ne avevi quattordici. Volevi che m'innamorassi di un ragazzino coi calzoni corti? Ma mi avevi fatto lo stesso una certa impressione. Te l'ho raccontato, no? che mi accadeva spesso di ripensare a te. Mi dicevo: quel ragazzo, Ferruccio... chissà come sarà diventato. Non riuscivo a immaginarlo. Lo sentivo fino da allora che eri diverso dagli altri. »

« Uhm » borbottò Ferruccio. Voltò le spalle al traffico e alle luci e mosse qualche passo nell'ingresso buio. Passò davanti allo sgabuzzino dell'agente di servizio, si affacciò alla scala fiocamente illuminata. Sentì i passi di uno che scendeva gli scalini a due a due, sperò che fosse l'amico: era invece un carabiniere. Poco dopo fu la volta di un uomo basso, dalla faccia volgare: certo un agente in borghese. Rammentò come ai tempi del fascismo lui e Mario usassero chiamare gli agenti in borghese « gli uomini dal cappello verde ». Quella poteva essere anche una misura di prudenza, ma era un loro vezzo, di ribattezzare con altri nomi gli oggetti più comuni della conversazione.

Tornò nella stradetta. L'orologio all'angolo segnava le sei e un quarto. Il ragazzino che aveva venduto le sigarette a Mario seguitava a importunare i passanti. Ferruccio si appoggiò allo stipite del portone. I passanti frettolosi, le acrobazie dei ciclisti, lo scivolare delle automobili in fondo, gl'impedivano di pensare.

Così l'attesa non gli pesò, benché si protraesse per un'ora. Mario non si scusò di averlo fatto aspettare; lo prese sottobraccio guidandolo in quel dedalo di viuzze. Fendeva la folla con sicurezza.

« Sei stato in questura per il giornale? »

« Non faccio mica il cronista » rispose Mario. « Devo andare all'estero. Dovevo essere già partito, ma quei figli di puttana mi hanno fatto un sacco di difficoltà per il passaporto. Che porco paese. Non è mica possibile viverci. C'è un tale provincialismo, una tale meschinità... Uno schifo, in tutti i campi. Dalla vita politica a quella letteraria al giornalismo alla cultura l'Italia non fa che aggiornarsi pietosamente e goffamente con venti anni di ritardo. Ora hanno scoperto la democrazia, queste merde. Basta, basta » disse volgendosi verso l'amico. « Bisogna cogliere la prima occasione e filare. Sei d'accordo? »

« Certo che sono d'accordo. »

Mario uscì in una risata stridula:

« Tu sei sempre d'accordo, salvo a piantarmi in asso all'ultimo momento. » Cambiò tono: « Parlami un po' di te. Come te la passi? ».

« Be', non mi lamento... Lo sai che lavoro in quel giornale... »

« Non è una sistemazione brillante. È un giornale che durerà solo fino alle elezioni. Metà dei quotidiani chiuderanno subito dopo le elezioni. Ti hanno dato la qualifica di praticante, almeno? »

« No » rispose Ferruccio. « Col fatto che sono professore, non potevano darmela... »

« E che aspetti a dimetterti da professore? »

« Ma... perché sono ancora incerto su quello che farò nel futuro... »

« Pensi sul serio di riprendere a insegnare? »

« Non è una prospettiva che mi attiri... Ma è l'unica occupazione che mi lasci tempo per scrivere. »

« Non è vero affatto. Se finisci professore in un buco di provincia, sei perduto per tutto, anche per lo scrivere. Se qualcuno di noi ha qualche possibilità come scrittore (io per parte mia non ci tengo più a diventarlo) è grazie a tutto questo terremoto, a tutti questi americani, inglesi, canadesi, negri che ci sono piovuti in casa e ci hanno rimesso in contatto col mondo. Non è possibile far qualcosa se non in un ambito mondiale. La provincia non ha mai dato nulla e non darà mai nulla. La storia lo insegna, no? l'arte è fiorita sempre al centro, mai alla periferia. Perciò il giornalismo, che ti tiene in contatto col mondo, può darti qualcosa anche come scrittore. Può darti il senso di ciò che è importante scrivere oggi. O vogliamo continuare con questi quattro imbecilli che da sé se le scrivono, da sé se le leggono e la cui produzione non ha mai superato le mille copie e non ha mai valicato le Alpi? »

« Infatti... penso di continuare a fare il giornalista. »

« Andiamo, il giornalismo è quello che faccio io, non quello che fai tu. Il giornalismo, è fare l'inviato speciale, il corrispondente dall'estero... »

« Ormai ho preso quest'impegno, almeno fino alle elezioni bisogna che ci rimanga. »

« Fai una stupidaggine. Dopo le elezioni, te l'ho già detto, metà delle testate spariranno: allora sarà difficile trovar lavoro, specie per chi non ha una qualifica professionale. O per chi non s'è fatto un nome. Non crederai d'esserti fatto un nome lavorando di forbici e di colla... »

« E chi ha detto questo? »

« Senti, io sono amico di Melani, ti potrei far entrare al "Corriere Lombardo"... »

« Ma il "Corriere Lombardo" è monarchico. »

« Che stai a guardare a queste cose. Anche noi dell' "Europeo" ci accusano di essere monarchici... quando la nostra sola preoccupazione è di fare un giornale leggibile. Ma poi, che ti occupi ancora di politica... Be', io bisogna che prenda quell'autobus, mio padre è abituato a cenare presto. Telefonami domani. »

« A che ora? » gli domandò Ferruccio, ma Mario s'era già messo a correre. Saltò sul predellino dell'autobus; prima di salire sulla piattaforma, gli fece un cenno di saluto con la mano.

Ferruccio s'indirizzò verso la trattoria vicino al giornale. Da una settimana era solo, Anna era dovuta andare a Padova perché lo zio stava male.

Non aveva voglia di entrare in quella trattoria dove avrebbe trovato di sicuro qualche collega. I colleghi, faceva già tanto a sopportarli durante le ore di lavoro. Si ricordò di una trattoria che frequentava durante la guerra: ci aveva portato quanche volta anche Anna. Stentò a ritrovarla: non ci si raccapezzava più in quei vicoli.

C'era gente in piedi che aspettava. Non se la sentì di far la fila.

Andò in giro a caso, fermandosi davanti a diverse trattorie. Erano tutti posti in cui non era mai stato. Non se la sentì d'entrarci. Continuò a camminare, benché fosse stanco. La fame gli era passata. In questo modo trovò l'ora di andare al giornale.

Si alzò, secondo il solito, a mezzogiorno (lo svegliavano le campane, che facevano rintronare la casa). Poco dopo gli bussò la padrona: era desiderato al telefono.

Sperava che fosse Anna; sentendo una voce maschile, stentò a raccapezzarsi.

« Che hai? Sei ubriaco? »

« Mi sono alzato ora » si giustificò Ferruccio.

« Vediamoci alle due e mezzo al Parco dei Daini. »

Egoista come al solito, Mario lo convocava dalle sue parti. Ferruccio non fece obbiezioni.

Per il luogo dell'appuntamento, per il modo di passare la giornata, si rimetteva sempre all'amico. Evitava invece di prenderci impegni nelle cose serie. Non gli rispondeva apertamente di no: si limitava a rinviare la decisione.

Si guardò nello specchio: « Non mi lascerò persuadere ad andare a Milano. E in un quotidiano monarchico, poi ». Sapeva che l'amico sarebbe tornato alla carica e che lui sarebbe stato incapace di controbattere i suoi argomenti.

Gli bastava prendere tempo. Tanto Mario stava per ripartire.

Continuava a guardarsi nello specchio. Aveva le rughe sulla fronte come se la tenesse perpetuamente aggrottata; qualche filo bianco sulle tempie; un dente d'oro che si vedeva quando parlava. Malgrado i guasti dell'età, non gli pareva di essere diverso dal tempo in cui aveva conosciuto Mario. Mario era cambiato; lui no, era rimasto fedele alle scelte fatte in gioventù.

Tornò in camera. Non si sarebbe fatta la barba, benché l'avesse lunga di due giorni. Continuava a essere trascurato nella persona e a lasciare tutto in disordine. Dacché era partita Anna, non s'era più rifatto il letto.

Anna era diventata ordinata da quando aveva avuto una casa sua. Era il cambiamento più grande che avesse fatto.

Si guardò intorno. Il piccolo tavolo che gli faceva da scrivania era ingombro di carte. Approfittando dell'assenza di Anna, s'era messo a fare uno spoglio dei suoi scritti. Aveva buttato via solo qualche foglietto. In questo era come da ragazzo, gli dispiaceva staccarsi anche dalla più piccola cosa. E Mario pretendeva che facesse piazza pulita del passato, che ricominciasse tutto daccapo!

Quasi per far dispetto all'amico, si dedicò alla sua occupazione preferita, rievocare il passato. Gli avvenimenti di cui si componeva la sua vita erano ben presenti alla sua mente, come se fossero successi il giorno prima. Ben presenti i racconti scritti e pubblicati, nell'ordine in cui li aveva scritti e nell'ordine in cui li aveva pubblicati; ben presenti i luoghi dov'era stato; ben presenti gli amori, pochi e poco consistenti, salvo l'ultimo, che era stato anche il primo.

Lo sguardo gli cadde sulle lettere di Mario sparpagliate sul tavolo. Avrebbe voluto mettere in ordine anche quelle. Compito difficile, perché Mario non si curava di datarle. Ne rilesse una, in cui l'amico lo metteva in guardia contro l'idea di sposarsi: « Abbiamo raggiunto l'età in cui può venire questa tentazione. Siamo tutt'e due fuori di casa, lavoriamo, viviamo in camera ammobiliata... Be', perché credi che un uomo si sposi? Perché si stufa di vivere in camera ammobiliata, di mangiare in trattoria e di andare in casino... Il nuovo attira sempre, e nelle nostre grigie vite qualcosa di nuovo lo potrebbe portare solo il matrimonio. Tu non fare le cose di nascosto secondo il tuo solito. Se hai in mente una sciocchezza del genere, cribbio, avvertimi. Stai sicuro che mi precipito a Roma per impedirtelo. A costo di farti rinchiudere in manicomio. Fidati una buona volta di me! Ricordati che io ti ho dato sempre dei buoni consigli, che tu hai avuto il torto di non seguire. Tu non sei capace di sbrogliartela da solo: lascia che ci pensi io. Non te ne avrai a pentire, puoi starne sicuro, caro Johnny. ».

Un paio di mesi dopo gli era arrivata una lettera in cui Mario gli annunciava di essersi fidanzato. Era sottinteso che lui, Ferruccio, avrebbe dovuto fare altrettanto.

Fu sorpreso di vedere che Mario era già lì, nel mezzo dello spiazzo conosciuto come Parco dei Daini. Guardava fisso verso il fondo del campo, dove alcuni ragazzi giocavano a palla. « Guarda anche tu laggiù » gli disse. « Che cosa ti ricorda? »

Ferruccio pensò che volesse alludere alla porta segnata coi cappotti, ma Mario gli disse di guardare gli alberi dietro.

« Quei tronchi neri? »

« No, il fogliame... Lo vedi come si distingue bene? »

« E allora? »

« E allora è come è sempre stato dipinto dai pittori di paesaggio, da Ruysdael fino a Corot... L'accusa che gli muovevano, d'essere una pittura convenzionale, è infondata... Convenzionale è la pittura degl'Impressionisti. »

Ferruccio non lo stava più a sentire. Era persuaso che avesse voluto rievocare qualcuno dei loro vecchi ricordi. Perché era lì al Campo dei Daini che s'erano conosciuti. S'erano fermati ad assistere a una delle partite che si giocavano in quel vasto spiazzo, e avevano finito con l'attaccar discorso. Si conoscevano già di vista (Mario aveva sempre abitato nel quartiere Salario, Ferruccio ci s'era trasferito a diciott'anni).

S'erano messi a parlar di quello. Ferruccio diceva di aver sempre nostalgia di Prati (era a causa di Anna, sebbene l'amore gli fosse passato). Anche Mario conosceva bene quel quartiere, aveva occasione di andarci spesso a fare delle commissioni per conto del padre. In certe mattinate nebbiose gli piacevano i lunghi viali che partivano dal lungotevere... Il fondo del viale nascosto dalla nebbia gli dava la sensazione dell'infinito.

Ferruccio era stato colpito da queste parole. Poi Mario s'era messo a disquisire sulla distinzione tra infinito e indefinito (la filosofia era la sua passione: purtroppo il padre l'aveva costretto a iscriversi a legge) e Ferruccio aveva smesso di ascoltarlo.

Un giorno s'erano incontrati all'Università. Erano usciti insieme: alla fermata del tram, avevano deciso di far la strada a piedi. Era un viale diritto e piano: da principio si chiamava Viale del Policlinico, poi Viale della Regina. Ferruccio lo conosceva fin da bambino: « Mi metteva tristezza, forse perché portava al cimitero ». Mario disse che rimpiangeva l'infanzia. Il motivo era che, da grande, non provava più la sensazione dell'infinito: « Da bambino, da ragazzo, la provavo anche venti volte in un giorno ». S'era fermato: « La sensazione dell'infinito non me la dava la contemplazione di uno spazio sconfinato... Nemmeno un ostacolo alla vista, che so, la nebbia, dietro cui non sai quello che c'è... Poteva darmela qualsiasi cosa, per esempio quel muro lì, o quel cancello... Poteva darmela una musica, un rumore, un odore... Una cosa che avevo già vista o sentita: per quanto non riuscissi quasi mai a ricordarmi dove e quando... Un ricordo, insomma: un ricordo risvegliato da una sensazione... Tu l'hai mai provata? ».

« Sì » rispose Ferruccio. « Ma io la provo ancora. » Gli spiegò che per lui quella sensazione era ormai legata all'amore. La prima volta che s'era innamorato, aveva quattordici anni. S'era innamorato di una ragazza che abitava nel suo stesso quartiere. Ebbene, il quartiere s'era come riscattato dal grigiore in cui gli era apparso fino ad allora: s'era come illuminato. Gli pareva tutto meraviglioso, i viali, le strade, gl'incroci, l'edicola del giornalaio all'angolo, lo spiazzo che c'era dietro casa sua, la collina dell'Osservatorio che chiudeva la vista...

Erano i primi tempi della loro amicizia, e Ferruccio non aveva ancora soggezione di Mario. Combatteva anzi la sua propensione alla filosofia, dicendogli che era più importante la letteratura. La filosofia si nutriva d'idee, un vecchiume insopportabile. Nella letteratura c'erano le sensazioni, le immagini: solo lì si poteva ritrovare la vita. Aveva confidato a Mario la sua ambizione di diventare uno scrittore: trasmettendogliela.

Non era durata a lungo, questa condizione di parità

fra i due. Presto Ferruccio aveva riconosciuto la superiorità intellettuale dell'amico. S'era ridotto a parlare poco; più che altro ascoltava quello che gli diceva l'amico. A volte, come in quel momento, faceva solo finta di ascoltare.

« Ma mi stai a sentire? »

Ferruccio si riscosse:

« Sì sì » disse.

« Allora, per il "Corriere Lombardo", che cosa hai deciso? »

« Te l'ho detto, semmai è una cosa che posso fare dopo le elezioni... »

« Cioè, hai deciso di non farne niente. »

Ferruccio cominciò a balbettare:

« Ormai ho preso quest'impegno... Che scusa potrei trovare? E poi, si trattasse di passare a un giornale affine, ma a un giornale che è dall'altra parte della barricata... ».

« Non è questa la ragione vera. Se il "Corriere Lombardo" fosse a Roma, ci passeresti subito. »

« No » rispose Ferruccio. Mai e poi mai Anna avrebbe permesso che facesse un voltafaccia simile. Anna era presa dalla politica molto più di lui.

« Avanti, sputa fuori la ragione per cui non puoi lasciare Roma. »

« Be', più o meno la sai » disse Ferruccio imbarazzato.

« Non sapevo che fosse una cosa che ti aveva impegnato fino a questo punto. L'ultima volta che ci siamo visti... »

L'ultima volta s'erano visti durante il periodo clandestino. Ferruccio era stato costretto a metterlo al corrente della sua relazione con Anna; gli aveva anche dovuto dire che s'era trasferito in casa sua: « Non ne potevo più di stare in camera ammobiliata ». « Ma sei impazzito? Lo sai che potresti finire in galera? ». « Perché? » « Per adulterio, no? » « Per l'adulterio ci vuole la denuncia della parte lesa. » « Appunto: può sporgere denuncia il marito. » « Il marito è prigioniero, finché non lo rimpatriano non può far niente. » « Io non ne sarei tanto sicuro. Io, fossi in te, sentirei un avvocato. Ma la camera ammobiliata, l'hai proprio lasciata? » « Si capisce: che la tenevo a fare? » « Mica avrai preso domicilio... » « No no » s'era affrettato a rassicurarlo Ferruccio. « Il domicilio l'ho presso i genitori. » « Ma insomma che tu ci convivi sarà una cosa notoria... Lo sapranno il portiere, gli altri inquilini... » Evitava di pronunciare il nome Anna; non ricorreva nemmeno a espressioni come « lei », « la tua amante », « quella donna ».

« Pensavo che fosse finita... Mi avevi mandato un altro indirizzo, credevo che fossi tornato a vivere per conto tuo. »

« Abbiamo lasciato l'appartamento poco dopo la Liberazione. Avremmo voluto lasciarlo prima, ma nel periodo clandestino ci faceva comodo... Ci nascondevamo via via le persone ricercate... »

« Già: avete condiviso i pericoli del periodo clandestino » commentò Mario. Sorrideva senza guardarlo: segno che era irritato e imbarazzato insieme. « Ma scusa, non sarebbe stato più saggio che non aveste mai convissuto? Quanto meno, che non aveste convissuto in casa del marito. Così ora lui ha la prova della vostra relazione. »

« E con questo? Anna e il marito stanno per separarsi... »

« ...e la separazione avviene per colpa della moglie. In questo modo non ha diritto agli alimenti e ti rimane sulle spalle. »

« Ma insomma, secondo te, cos'avrei dovuto fare? »

« Avresti dovuto liberartene prima del rimpatrio del marito. Così tutto sarebbe tornato a posto. »

« Anche se me ne fossi voluto liberare, non sarebbe

tornato a posto nulla, il marito era al corrente della cosa... »

« Scommetto che eravate stati voi a informarlo. »

« Si capisce, era stata Anna. »

« Già, c'è questo bisogno di lealtà nelle donne » disse col solito sorriso che tradiva imbarazzo e irritazione. « Il marito lontano, prigioniero... Una donna dovrebbe restargli fedele, non è così? Invece, lo tradisce tranquillamente; ma poi si sente in dovere di informarlo... Tu pensi che questo sia leale, onesto... »

« Certo che lo penso. »

« Invece è il colmo della disonestà. È un atto di crudeltà gratuita, ecco cos'è. Ma una donna ci va a nozze quando può permettersi di essere crudele... »

« Se anche non l'avesse informato Anna, l'avrebbero informato i parenti. Ha una sorella e un fratello che stanno a Roma... »

« Certo che lo sarebbe venuto a risapere. Ma come credi che avrebbe preso la cosa? Uno che torna dalla prigionia, non gli pare vero di rimettersi con la moglie, anche se non gli è stata fedele. Io ne conosco tanti, di casi del genere... »

« Non sarebbe stato certo il caso del marito di Anna. E poi mi pareva di avertelo detto che erano già sul punto di separarsi prima che lui andasse in guerra. »

« Appunto: la separazione l'avevano avuta. Una separazione forzata, per via della guerra e della prigionia. Dopodiché, non gli sarebbe parso vero di rimettersi insieme. Credi a me, la guerra ne ha aggiustati tanti di matrimoni traballanti... Considera una cosa soltanto: un uomo ancora nel pieno delle forze che se ne sta tre o quattr'anni prigioniero. Oh, dico, tre o quattr'anni senza andare a donne... Quali sono gli effetti di una situazione del genere? Primo, che torna a innamorarsi della moglie; perché l'amore, cosa credi che sia? È la voglia di andare a letto con una donna... »

« Senti, io questo marito non lo conosco, non l'ho mai visto; so solo quello che me ne ha detto Anna. Ma conosco bene Anna, e so che in nessun caso avrebbe accettato di tornare col marito. »

Mario ebbe un gesto di insofferenza:

« Tu alle donne attribuisci un'autonomia di decisioni che non hanno e che non devono avere. Le donne non fanno scelte... si adattano, via via, alla situazione nella quale sono state poste... ».

« Tu parli di una situazione che non conosci. »

« La conosco meglio che se t'avessi avuto sotto gli occhi ogni giorno in tutti questi anni. Non dico che da principio non ne fossi innamorato. Ma poi ha cominciato a passarti... È inevitabile, succede sempre così. Per fortuna è venuto il periodo clandestino, tu sei finito in carcere, hai corso rischio d'essere fucilato... e la sensazione del pericolo, il fatto che stavate vivendo insieme un'avventura, e che lei t'era compagna in tutta questa faccenda... cribbio, la parola compagna, come l'ho sulle scatole... tutto questo, volevo dire, è arrivato al momento opportuno a ravvivare un sentimento che stava già illanguidendo... Poi, s'intende, è finita un'altra volta. E ora tu non vedi il momento di tornare libero, ma non osi confessarlo nemmeno a te stesso. E siccome ti sei lasciato sfuggire l'occasione (quella del ritorno del marito) e questa donna dipende da te anche materialmente, ho paura che sei proprio fregato, amico » e si mise a ridere fragorosamente.

« Se hai queste idee, perché ti sei sposato? »

« Il matrimonio è un'altra cosa. Sposandoti, rimani libero come prima... Ecco, il matrimonio è la vera libera unione di cui andate cianciando voi progressisti. »

« Questo è un altro dei tuoi paradossi. »

« Niente affatto: è la verità. Sposandoti, prendi certo degl'impegni di carattere pratico; ma nessun impegno dal punto di vista del sentimento. Sono le unioni come la tua che fatalmente ti obbligano a fingere di essere travolto dalla passione. Proprio perché si fondano solo sull'amore. Ecco la stupidaggine. Dato che è un sentimento inesistente o, quanto meno, un sentimento che si logora molto alla svelta. Direi che basta andarci a letto una volta con una donna perché l'amore dilegui. Ma ammettiamo pure dieci volte, cento volte, tre mesi, sei mesi... E dopo? Dopo comincia la finzione. Tu devi fingere un trasporto che non provi più, lo devi fingere con l'altra parte, e lo devi fingere con te stesso... »

« Prima di tutto non è vero che l'amore sia dileguato. E poi alla base di un'unione non c'è soltanto quello... »

« Qui ti volevo: ormai, lo vedo bene, sei un libero pensatore. Alla base di un'unione duratura, dici tu, c'è la reciproca stima, c'è la comunanza d'idee, c'è l'amicizia... »

« È vero, io la stimo, Anna; e ci parlo volentieri... »

« Sei ridotto proprio male » ghignò Mario.

« Tu con tua moglie non ci parli? »

« Me ne guardo bene. »

« E... non ne hai stima? »

« Cosa vuoi che ti risponda? Mica ci ho mai pensato. »

« Vuoi dire che l'hai sposata così, alla cieca, senza preoccuparti di come fosse... »

« Mi sono preoccupato di una cosa sola: che non fosse petulante. Perché una donna petulante, non la potrei sopportare. Le donne devono stare a cuccia... Se proprio lo vuoi sapere, io mia moglie non la considero nemmeno un essere pensante. Ti sembro disumano? Ma le donne vanno trattate così. Le donne sono come i cani. Credi sul serio che una donna sia superiore a un cane? »

Ferruccio si mise a ridere. Lieto che la sua battura avesse avuto successo, Mario continuò:

« Un cane, come lo devi trattare? Ogni tanto una carezza, poi un calcio e lo cacci. Quello ti riviene intorno, e tu fingi di non accorgertene nemmeno. Lui ti guarda fisso, agita la coda, ogni tanto lancia un guaito per richiamare la tua attenzione... Tu allora allunghi la mano, lo accarezzi distrattamente e ti rimetti a quello che stai facendo. E per un'ora non dai segno di accorgerti della sua presenza. Così lo fai felice. Intendo dire, quei cinque minuti che gli dedichi bastano a renderlo felice per tutta la giornata... Così vanno trattate le donne. Guai a parlarci, guai a dar loro ascolto... Il cane non ha una vita propria, vive solo per il padrone; e la donna, lo stesso. La sua mentalità è quella di una schiava. Ma che, vuoi attribuire alle donne una vita interiore? dei sentimenti? un'anima? » E scoppiò in una delle sue risate fragorose.

« Dici così perché hai in mente un certo tipo di ragazza, sottomessa, priva di autonomia; ma ci può essere qualche eccezione. »

« Certo che l'eccezione c'è; ma non credere che io la giudichi positivamente. L'eccezione è la donna isterica. Tutto quello che credi di scorgere di personale in una donna, è isteria e basta. Potrei scriverci un trattato, su questo tipo di donna. Ne ho conosciuta una a Milano che, guarda caso, si chiamava anche lei Anna... »

« Tu vuoi giudicare una persona che non hai mai visto e di cui sai anche molto poco, perché io non ti ho raccontato niente... »

« Prima di tutto, me ne hanno parlato altri... »

« Chi? » fece Ferruccio sorpreso.

« Uno di quelli che è stato nascosto a casa vostra. No, non te ne voglio fare il nome, del resto è uno che conosci appena. Non credere che me ne abbia parlato male. Tutt'altro. Solo che mi ha confermato nell'idea che mi ero già fatto di lei. »

« Potresti anche sbagliarti... »

« Sono sicuro di non sbagliare. Te ti conosco come il rovescio delle mie tasche, e lei... Perché non me l'hai voluta far conoscere? »

« Per l'appunto in questo momento non è a Roma...

Anche lei, ha un grande desiderio di conoscerti: con quanto le ho parlato di te... »

« Lei mi odia, vero? » chiese improvvisamente Mario.

« Ma cosa ti salta in mente? »

« Quelle donne lì, son tutte gelose... È gelosa o no? »

« Be', sì, delle altre donne... Ma perché dovrebbe essere gelosa di te? »

« Vedo proprio che non hai idea di nulla. Sei troppo te stesso per capire gli altri. Anche di me, mica capisci nulla. Nella tua ingenuità, credi che io sia come te... Non ti rendi conto che siamo due tipi opposti. »

« Io... mi sono sempre reso conto delle differenze... »

« Allora perché ti sei meravigliato quando mi hai rivisto? Ieri, ieri, quando ci siamo incontrati a San Silvestro. Non negare, quello che pensi ti si legge in faccia... Per prima cosa, ti sei meravigliato del mio berretto... È bastato il berretto a metterti a disagio. È incredibile: basta il più piccolo cambiamento intorno a te, perchè ti senta subito fuori posto. Per questo ti ho fatto venir qui: perché qui, è tutto come ai nostri tempi... »

S'erano sdraiati su un declivio erboso. Il fondo del valloncello era senz'erba: lo avevano ridotto così i ragazzi a forza di giocarci a palla. Dato che c'era poco posto (un gruppo di platani impediva di usufruire di tutto lo spazio piano) non ci si poteva svolgere più di una partita per volta.

« Bisognava arrivare prima delle due per poter occupare il campo » disse Mario. « Io appena finito di mangiare uscivo e facevo di corsa da casa a qui. La palla me la infilavo sotto la maglia. La regola era che un giocatore con la palla bastava a prender possesso del campo. Una volta precedetti di un soffio un altro ragazzo: lui scendeva di là, io di qua e, ti dico, sarò arrivato due secondi prima. Appena in fondo tirai fuori la palla, la feci rimbalzare e la calciai: quello stava sbucando da dietro un tronco. »

« Come avevi fatto a capire che aveva la tua stessa intenzione? Lo conoscevi? »

« No, ma gli avevo visto il rigonfio della palla sul petto. »

« Le scarpe da football, le portavi sottobraccio? »

« A palla si giocava con le scarpe da passeggio. L'ideale era giocare cinque contro cinque: il portiere, un difensore, il centravanti e le due ali. A volte s'era quattordici o quindici, ma si giocava lo stesso cinque contro cinque. Io venivo incluso perché avevo il merito di esser venuto prima a occupare il campo. E perché mi adattavo a fare anche il portiere. »

« In che anni ci hai giocato? »

« Dagli undici ai tredici... Prima andavo al Campo dei Daini. Lì erano più i giorni in cui facevo da spettatore di quelli in cui trovavo da giocare... Una volta assistetti a una partita formidabile: da una parte c'erano... »

Ferruccio gli troncò la parola:

« Pensare che io ho cominciato a quattordici anni... Mio padre non voleva che uscissi solo. Aveva paura che diventassi un ragazzo di strada ».

« A quattordici io avevo quasi smesso. Ricominciai dopo i sedici, quando costruirono un campo regolare vicino a casa mia... Ma non mi ci ritrovavo. Rendevo più nelle partite sei contro sei, cinque contro cinque, fatte con la palla o al più con un pallone del 3. Cos'era il Parco dei Daini nel '25-'26-'27... Dalla parte dei giardini ci giocavano i grandi. Me li ricordo tutti, Perino, Canadu, De Magistris, Di Napoli... »

Ferruccio era serio:

« Io sono arrivato sempre troppo tardi agli appuntamenti con la vita. Colpa della mia cecità, certo... mi accorgevo che bisognava fare una cosa quando era già passato il tempo di farla. Ma è stata anche la cattiva sorte... Mio padre era anziano, non si poteva render conto delle esigenze di un ragazzo. E io, non ci pensavo nemmeno a disobbedirgli. Non è che fosse severo, ma ne avevo soggezione... ».

« Per il mio, invece, stavo anche troppo in casa. Guai se mi vedeva con un libro in mano. Fuori, fuori! urlava. I ragazzi devono stare all'aria. »

« Gliene dovresti essere grato. Almeno hai avuto un'infanzia normale... »

« Ma non ho avuto un'adolescenza normale. Quando ci siamo conosciuti, tu eri un giovane come tutti gli altri, avevi perfino avuto degli amori... »

« Roba di poco conto. La sola che avevo amato veramente era troppo grande per me... »

« Ma in seguito le cose sono andate in modo che ne sei diventato l'amante. Che ragione hai di lamentarti? Lasciamo stare l'infanzia, che è ormai roba passata. Vuoi mettere la tua giovinezza con la mia? Sei perfino diventato l'amante di una donna sposata, che era il massimo delle aspirazioni dei giovanotti del nostro tempo », e gli diede un pugno sulla spalla.

Uscirono da Villa Borghese. « Ormai non ci rimane che prendere quel poco che la vita ci può ancora dare » disse Mario. Camminava adagio e si fermava ogni pochi passi: « A volte faccio grandi progetti, cambiare lavoro, cambiare città, cambiare nazionalità... Ma lo so bene che sono fantasticherie. Ho già fatto tanto ad andarmene a Milano. Solo la giovinezza può spingerti a cambiare stato. Ma quando non c'è più quella spinta? È finita, mio caro Johnny, siamo andati. Sai che ti dico? Per te la cosa migliore sarebbe che regolarizzassi la tua situazione. Ma sì, lei divorzia all'estero, il divorzio viene "delibato" in Italia, come dicono questi tangheri di giuristi, vi sposate e non ci pensate più. »

CAPITOLO OTTAVO

I DUE AMANTI

Ferruccio dopo cena andò direttamente al giornale, senza ripassare da casa.

Tornando a casa alle quattro di notte, ripensava ai discorsi di Mario. Gli sarebbe piaciuto parlarne con Anna. Purtroppo, non sapeva quando sarebbe tornata.

S'irritò: « Avrebbe potuto farsi viva. È che lei, quando è tutta presa da una cosa, si dimentica di me ». Era un'accusa che le faceva spesso. Anna non si ribellava: lo riconosceva che quando stava con una persona, si dimenticava di tutte le altre: «S'intende, dev'essere una persona che mi sta a cuore ».

Lo zio Mario era una di quelle. Un'altra era il fratello... La madre magari no: « Al padre, invece, scommetto che ci pensa ancora ».

Ogni tanto la vedeva assorta in un pensiero. Si faceva scrupolo di disturbarla: anche se le doveva dire qualcosa, rimandava a un altro momento. Era convinto che stesse pensando al padre, al fratello o allo zio.

Ferruccio trovava esagerato tutto quell'attaccamento. Lo zio, certo, era stato buono con lei. Ma il padre non meritava niente, dal momento che aveva abbandonato la famiglia; e il fratello le aveva fatto tali scene per via di lui... A volte s'era azzardato a dirle qualcosa; e Anna « Come fai a parlare se nemmeno li conosci ». Addirittura gli rinfacciava il suo egoismo: «Tu non senti niente per nessuno ».

« Infatti. Io ti amo, nel mio animo non c'è posto per nessun altro sentimento... »

« Proprio qui si rivela il tuo egoismo. »

« Egoisti siamo tutti. La differenza fra me e te è che io mi contento del tuo amore, mentre a te non basta: vuoi anche l'amore di tuo padre, di tuo fratello... »

« Per quello, io vorrei l'amore di tutti. Anche delle persone che incontro per strada. Perché mi dovrei vergognare di questo sentimento? Te ne dovresti vergognare tu, che sei incapace d'amare. »

« Proprio da te devo sentirmelo dire. »

« Che ami me è vero; ma dovresti volere un po' di bene anche agli altri. »

« Un amore, se non è esclusivo, non è nemmeno intenso. »

« Niente affatto. Io, quando sto con te, non penso che a te. Non importa nemmeno che ci stia materialmente; possiamo essere separati, come lo eravamo quando tu eri in carcere. Siamo stati tre mesi senza vederci, eppure io ero lì con te, non mi sono allontanata nemmeno un minuto... Vero che mi sentivi vicina? »

Ferruccio a quel ricordo si commuoveva subito:

« Sì » diceva abbracciandola.

Lei si liberava:

« È inutile, per te c'è un solo modo di stare vicini » e gli dava una botta sulla mano. « Dunque, che ti stavo dicendo? Ma già, io e te non riusciamo a portare in fondo un discorso... ».

Era proprio questo il bello, che le emozioni si succedevano rapide, rendendo via via inutili le parole... Gli bastò ripensarci per tornare in pace con Anna. Ma salendo le scale gli tornò in mente che non ne aveva notizie da otto giorni: « Che le costava farsi viva con una telefonata. Almeno per dirmi che era arrivata bene. Lo sa che sto in pensiero. Le strade sono malsicure, ci sono continue rapine, uccisioni... ».

Entrato in camera, accese la luce, attaccò la spina del fornelletto a spirito e mise a scaldare il latte. Dopo una nottata di lavoro, avrebbe mangiato volentieri qualcosa di più sostanzioso. Non essendo buono a cucinare, doveva contentarsi di una tazza di latte caldo. Anche quando c'era Anna: sarebbe stato un sacrificio troppo grosso per lei alzarsi a preparargli da mangiare.

I primi tempi lo aspettava alzata. Passava il tempo a leggere e a fumare. L'aveva fatta smettere lui, per paura che si rovinasse la salute.

Si levò cappello, cappotto e sciarpa buttando tutto sulla poltrona. Poteva permettersi di esser disordinato in assenza di Anna. Guardò l'attaccapanni... e stentò a raccapezzarsi che c'era appeso il cappotto di lei.

Si girò verso il letto: era di nuovo nascosto dal paravento. Ci avrebbe dovuto far subito caso entrando... « Possibile che sia così distratto? »

Vedendola, gli passò tutto. Era coricata su un fianco, con le braccia fuori. Sedette sulla sponda del letto e la baciò sullo zigomo. Era inutile svegliarla, non si sarebbe resa conto di nulla. Cercò di farle cambiare posizione, gli pareva che stesse scomoda; aveva paura anche che prendesse freddo, a tenere le braccia scoperte.

Gli piaceva vederla dormire. La notte, prima di coricarsi, stava sempre un po' a guardarla. Stavolta lo riscosse lo sfrigolio del latte. Corse a levare il bricco dal fornello, ma era traboccato mezzo.

Svegliandosi, ricordò subito che era tornata Anna. La chiamò.

« Ti sto scaldando il caffè. Ieri sera hai fatto traboccare il latte » aggiunse con tono di rimprovero. « Almeno, avessi pensato a darci una pulita... »

« È colpa tua. Ti guardavo che dormivi... » Uno sbadiglio gl'impedì di proseguire.

« Non mi devi guardare quando dormo. Sono brutta, orrenda, mi si vedono le rughe. »

« Come fai a saperlo? Tu mica ti vedi quando dormi. »

« Mi vedo la mattina quando mi alzo. Ho un viso da far pietà. Dimostro quarant'anni, invece di trenta. Mi fai una rabbia te, con quella faccia da ragazzino... »

« Uff, con questa faccia da ragazzino. Perché mi hai conosciuto che portavo i calzoni corti, continui a vedermi in quel modo... »

Anna non rispose. Di lì a un momento la vide comparire con la tazzina in mano:

« Buongiorno amore » gli disse sorridendo. Si rabbuiò: « E tu non mi dici bentornata? ».

« Fammi bere prima il caffè che mi devo ancora svegliare. » Vuotò la tazzina in due sorsate. « Ora, dammi una sigaretta. Ma tu sei sempre in vestaglia... »

« Quando credi che mi sia alzata? Mezz'ora fa, nemmeno... Ho avuto appena il tempo di lavarmi... »

« Ieri sera, sei tornata tardi? »

« No, prima delle dieci... Ma ero stanca da morire. Ho dormito dodici ore filate... e stamattina, non avevo la forza di alzarmi. »

«Tuo zio come sta? »

« Meglio. Sarà una cosa lunga, ma il peggio è passato. »

« Oh Anna » esclamò lui, e cercò di attirarla a sé.

« Ancora non mi hai detto che sei contento che sono tornata. »

« C'è bisogno di dirlo? Su, levati la vestaglia. Torna a letto. »

« Fermo. Buono. Ora devo pensare al mangiare. »

« Si va a mangiare fuori. »

« No, ieri sera ho detto alla padrona che mi facesse la spesa. Fermo, non toccare. Possibile che tu abbia voglia solo di quello? »

« Anna, ma sono nove giorni... »

« Quando eri in galera, siamo stati separati tre mesi. Eppure continuavamo lo stesso ad amarci. Fermo, o me ne vado. Se invece stai buono, ci fumiamo una sigaretta insieme, poi tu ti alzi, ti fai quella barbaccia... quanti giorni sono che non te la fai? »

Accese la sigaretta anche per lui:

« Allora? Che cosa mi racconti? Pensa, in questi giorni non ho letto nemmeno i giornali... Che novità ci sono? ».

« Tu piuttosto mi devi raccontare com'è andato il viaggio. »

« Non mi ci far pensare... ho ancora le ossa rotte. Ieri sera quando sono arrivata avevo i piedi gonfi in un modo... Fammi vedere se si sono sgonfiati. » Si prese in mano un piede e se lo toccò: « Mi pare sempre un po' gonfio... Guardaci anche tu. »

Ferruccio diede appena un'occhiata:

« Non mi pare ».

« Ma se non l'hai nemmeno guardato... » Mise il broncio: « Tu ai miei piedini non gli vuoi per niente bene. Sei un cattivo. È vero o no che non gli vuoi bene? ».

« Be', non sono la parte del tuo corpo che m'interessa di più. »

« Sfacciato. Brutto cattivo. Parlare così a una povera bambina... » Cambiò voce: « Mi hanno telefonato? »

« Chi? »

« Mia madre. Mio fratello. Oggi bisogna che ci vada a portargli le notizie. »

« Ci andrai domani. Oggi spero che si starà un po' insieme... Oppure fai una cosa, telefona a quella signora che sta sopra a tuo fratello... »

« No, bisogna che ci vada. Assolutamente. Prima il dovere, poi il piacere » aggiunse strizzandogli l'occhio.

«Anna. »

« Che c'è. »

« Sono felice che tu sia tornata. »

« Ah » fece lei con un gran sospiro. « Finalmente l'hai detto. »

Ferruccio si rimproverava d'essere debole con Anna. Si prefiggeva di cambiare: « Devo smettere di dargliele tutte vinte ».

Anna era dispotica: gl'imponeva i suoi gusti nel vestire, nel mangiare, nel fumare. Ferruccio se li lasciava imporre, non gli costava nulla accontentarla. Non gliene importava di mettersi la cravatta a pallini invece che a righe, di mangiare la carne in un modo invece che in un altro, di fumare le *Marinaio* invece delle *Gatto nero* (era stata Anna a ribattezzarle con quei nomi, perché non sapeva l'inglese).

Quando si diceva che d'ora in poi non si sarebbe lasciato più guidare da Anna, non era alle cose piccole che pensava. Era alle cose grosse... a una specialmente.

Appena finito di mangiare, aveva tirato fuori le sigarette (Anna mangiava adagio, finiva sempre un bel po' dopo di lui).

« Ah: vedo che in mia assenza ti sei rimesso a fumare le *Gatto Nero.* »

« Perché non ho trovato le *Navy*... le *Marinaio*. Lo sai, a me va bene qualsiasi sigaretta, purché sia leggera. Queste inglesi, poi, mi sembra che abbiano tutte lo stesso sapore... »

«Perché non te ne intendi. »

« Io credo che per le sigarette è questione di abitudine. Ci si abitua a un certo tipo e si continua con quello. Io cominciai con le *Macedonia* e per tre o quattr'anni fumai sempre *Macedonia*... »

« Anch'io fumavo le *Macedonia* » disse Anna sorridendo. Era felice ogni volta che scopriva di avere avuto un gusto o un'abitudine in comune con lui.

« Allora era la marca di sigarette più diffusa. »

« Non è niente vero. Mio padre per esempio fumava le *Giubek*... Mio fratello fumava poco: comprava giusto ogni tanto un pacchetto di sigarette di lusso. »

« L'avrà comprato per offrirle alle ragazze. Alle feste da ballo, le ragazze fumavano quasi tutte... Cioè, sprecavano le sigarette, perché non sapevano fumare. »

« Ti piaceva ballare? »

« Ero poco bravo. Facevo sempre i soliti passi. »

« Ero poco brava anch'io. Ballavo giusto un po' in montagna... Qui a Roma non ho mai ballato una volta. »

« Se tuo marito l'hai conosciuto a una festa da ballo. »

« Ah, ma a una festicciola in famiglia... Non ricordo nemmeno come c'ero finita. Mi ci avrà trascinato mamma... È sempre stata lei a mettermi nei guai. »

« Ora vuoi farmi credere che non ti sei sposata di tua volontà. »

« Ma è così! Sono sicura che se si fosse fatta la causa davanti alla Sacra Rota, avrei ottenuto l'annullamento del matrimonio. Per vizio di consenso. »

« Ma scusa, chi è che ti ci ha costretto? Capisco se avessi avuto diciott'anni... ma ne avevi ventitré... »

« All'anagrafe erano ventitré... di fatto erano dieci, dodici. Ma scusa, che esperienze avevo fatto? Che cosa avevo imparato dalla vita? Che ne sapevo degli uomini? »

« Ma i matrimoni sono tutti così! Una ragazza, se è perbene, per forza non ha esperienza... »

« E tu lo trovi giusto. »

« Certo che lo trovo giusto. Su questo punto non mi farai mai cambiare opinione. Io avrei preferito... che tu non fossi stata di un altro. Non è che ti avrei amato di più... ma avrei sofferto di meno. »

« Tu me lo rinfacci sempre... come se fosse una colpa. »

« Non è una colpa, è semplicemente un fatto che non può essere cancellato... Tu sei stata sposata; hai convissuto per un anno e mezzo con un altro uomo. Ecco cos'è che mi fa soffrire. Ora magari soffro meno di un anno fa (allora, fu proprio un inferno). Ma ogni tanto mi riprende. Ed è inutile che tu tenti di addolcirmi la pillola dicendo che quell'uomo non l'amavi e che l'hai sposato perchè eri inesperta della vita... »

« Non ti fa piacere che abbia amato solo te? Quel mio matrimonio fu uno sbaglio... me ne accorsi subito che era stato uno sbaglio. Non avevamo niente in comune. Se non si ha niente in comune, come si può vivere insieme? »

« Io credo più nella complementarietà che nell'affinità.»

« Ora lo fai per il gusto di contraddirmi. Te l'ho raccontato tante volte come andavano le cose tra me e mio marito. Per forza si litigava in continuazione. Bastava la sua pignoleria a mandarmi in bestia... »

« Lo vedi che ho ragione io quando dico che bisogna essere complementari? Non sopportavi la pignoleria di tuo marito a causa della tua. »

Anna fece una faccia addolorata:

« Mi giudichi pignola? ».

« Pignola nel senso che dai peso alle piccolezze. Quella sedia deve stare lì, e guai se io la sposto di un centimetro. »

« Ma se cambio di continuo la disposizione dei mobili! Non ti ricordi che fino all'altro mese il letto era qui? »

« Già, e la tavola era là. Ma ogni volta sei stata tu a voler cambiare... »

« Hai sempre detto che non te ne importa, anzi, che ti faccio un piacere se ci penso io a queste cose... »

« E chi lo nega? Almeno per queste piccolezze, non ci accade mai di litigare. »

« Ma ora sembra che me lo rinfacci. »

« Figurati se te lo rinfaccio. Io all'ordine non ci bado per nulla. In questi giorni che non c'eri, non mi sono rifatto una volta il letto. »

Il letto era nascosto dal paravento. Anche questa, era stata un'idea di Anna. Ferruccio il paravento lo poteva capire le sere in cui invitavano qualcuno: in modo che la stanza non avesse l'aria di una camera.

Le coppie che frequentavano vivevano anch'esse in camere ammobiliate, perché s'erano costituite di recente, quando c'era già la crisi degli alloggi. Be', nessuna di quelle donne si preoccupava di nascondere il letto con un paravento o di camuffarlo da divano.

Anna aveva avuto anche quell'idea, separare i letti e ricoprirli, in modo che di giorno facessero da divani. Ferruccio una volta tanto s'era opposto: non ne voleva sapere di dormire separati, e poi, non aveva i soldi per comprare la stoffa e i cuscini.

Il paravento non era dovuto solo al desiderio di Anna di nascondere il letto alla vista degli estranei. Non voleva esser vista mentre si vestiva. Poteva sembrare una forma di pudore esagerata, addirittura contraddittoria: una donna non voleva farsi vedere seminuda da chi l'aveva vista senza niente addosso!

Ma aveva ragione Anna quando diceva che dipende tutto dal momento. Un conto è in certi momenti, un conto è in altri: « Per esempio, quando tu lavori a tavolino e io cucio o rammendo, non mi va di stare in vestaglia perché mi si apre ». « E allora? » « E allora mi vedresti le gambe ». « Te le ho viste tante volte... ti ho visto anche fra le gambe. » « Mi dà noia anche questo tuo modo di parlare. In certi momenti, mi puoi dire qualsiasi cosa, in altri, una frase poco riguardosa riesce insopportabile... Ecco perché naufragano i matrimoni » aggiunse lanciandosi nella sua polemica preferita. « Per via della grossolanità degli uomini. Com'è che un uomo non capisce che una donna ha il suo pudore... che il fatto di esserci stato a letto insieme non gli dà il diritto di mancarle di rispetto? »

Non era tenera nemmeno con le mogli:

« Anche loro, mica hanno riguardo. Seminano dappertutto la biancheria... Mia cognata ha trasformato il bagno in un tenditoio. C'è appeso di tutto, dalle pezze del bambino alle sue... E allatta davanti al marito. Io non vorrei farmi vedere da mia madre, figuriamoci da un uomo. Mi accusi di dare importanza alle piccolezze, ma sapessi come sono importanti certe piccolezze! Lo vedi, anche ora che ci dobbiamo contentare di una camera ammobiliata, faccio il possibile per eliminare gl'inconvenienti della convivenza... Te lo ricordi quando si stava in Via Ristori? Era un appartamento piccolo, eppure... ».

« Io lo odio quel posto. Non lo voglio sentir nominare. »

« Non ci sei stato bene con me? »

« No. »

« Bugiardo. »

« Ti dico di no. »

« Allora eri bugiardo prima, quando dicevi di starci bene. »

« È che... ti volevo tenere nascosto d'essere geloso. »

La gelosia s'era manifestata solo dopo che avevano lasciato l'appartamento. Eppure aveva cominciato a provarla quasi subito. Prima ancora che andasse a stare da lei.

Non avrebbe voluto andarci a stare. Avrebbe voluto rimanere nella sua camera ammobiliata e andare da Anna di tanto in tanto. No, la sua idea sarebbe stata un'altra. Prendere in affitto una camera, un appartamentino, un posto riservato esclusivamente ai loro incontri...

« Intendi dire una *garçonnière*? »

« Se vuoi proprio usare questa parola... »

« È la parola più disgustosa che abbia mai sentita. Quella, e la parola amante... »

« Non sono il tuo amante? »

« No. Sei il mio amore. Cioè, lo eri fino a un minuto fa: ora, non ti posso più vedere... »

« Perché ti ho detto che ci saremmo potuti incontrare fuori? »

« Sì, per quello. Io solo l'idea di dover salire le scale per venire da te, basterebbe a farmene passare la voglia... »

« Io le salgo le scale per venire da te. »

« Sì, ma mica è obbligatorio fare all'amore. Ce ne possiamo stare anche qui sul divano a parlare... »

« Già, ma si finisce sempre col fare all'amore... »

Ferruccio in quella casa si sentiva a disagio. Non poteva dimenticare che era del marito.

Anna non vedeva perché doveva farsi degli scrupoli. La prima volta non era forse successo lì, in casa sua, anzi, in camera sua?

Era avvenuto senza premeditazione. Ferruccio era salito altre volte: ma era rimasto solo pochi minuti, il tempo che lei fosse pronta; oppure s'erano messi a parlare in salotto.

Quella volta non era salito. L'aveva aspettata fuori del portone. Lei era scesa quasi subito, ma fatti pochi passi s'era battuta in fronte col palmo della mano: « Mi sono dimenticata una cosa... Dovevo fare una telefonata ». « Puoi chiamare dal bar. » « No, è più comodo da casa... Aspettami qui, salgo e riscendo subito. » S'era voltata: « Vieni anche tu ».

Telefonava al fratello (che ancora non sapeva di Ferruccio). Non c'era niente di male che lui ascoltasse, ma per discrezione s'era allontanato, avvicinandosi alla finestra. Il vetro cominciò a rigarsi di gocce. « Piove » disse sentendo riabbassare il ricevitore. « Bisognerà chiamare un taxi » aveva aggiunto senza voltarsi. Dovevano andare al *Supercinema*.

« Che vuoi stare a buttare i soldi del taxi. E poi, ne hai davvero voglia di andare al cinema? »

« Io no... Prima d'incontrarti, avevo smesso di andarci. Danno solo film italiani e tedeschi... »

« Questo però è un film francese. »

« Sì, è di qualche anno fa. Ricordo che mi piacque abbastanza... »

« Se l'hai visto, non lo vorrai rivedere. »

« Volevo che lo vedessi tu. Secondo me l'hanno esaltato troppo, come molti altri film francesi... Mi fa quasi male rivederli: spirano una tale aria di disfacimento... L'avremmo dovuto prevedere, che la Francia si sarebbe arresa senza combattere. »

« Dimmi di che si tratta. » A quel tempo Anna si occupava poco di politica. Ferruccio, invece, non avrebbe parlato d'altro. Si doveva controllare, quand'era con lei.

Non che Anna gli desse contro (aveva accettato subito il suo punto di vista, che bisognava augurarsi la sconfitta dell'Italia). Trovava però che erano chiacchiere inutili, dal momento che non si poteva far nulla per accelerare il corso degli avvenimenti.

Anche Ferruccio si accorgeva di perdere il proprio tempo. Se ne accorgeva stando con gli amici. Fino all'anno prima s'incontravano al caffè: ora si vedevano in casa dell'uno o dell'altro. In questo modo i loro incontri assumevano il carattere di riunioni.

Ferruccio stava al gioco, ma si rendeva conto, appunto, che era un gioco. Erano tutti presi dalla politica, come anni prima erano tutti presi dalla letteratura. Ferruccio capiva che avrebbe impiegato meglio il proprio tempo rimettendosi a leggere e a scrivere. Ma ora che il momento tanto atteso della caduta del fascismo si avvicinava, non era più buono di far nulla.

« Mi dici il soggetto del film? »

« Te l'ho già detto, è tratto da un romanzo di Zola. Il protagonista è un ferroviere... Per me la sola sequenza bella è quella iniziale: il treno che arriva in una grande stazione... Tutto visto con gli occhi di Jean Gabin, che è il macchinista. »

« Uhm » fece Anna, poco persuasa.

« Non ti piacciono i viaggi in treno? Io ci andavo matto da ragazzo. »

« Io no davvero. Da Roma a Padova, era un viaggio interminabile... Arrivavo sfinita. » S'era messa a sedere sul divano e aveva accavallato le gambe: « Vieni, si fuma una sigaretta. Io, quando sono in dubbio per qualcosa, accendo una sigaretta. Mi sembra che fumare aiuti a risolvere i problemi ».

« In questo momento, che problema hai? »

« Se andare al cinema o no... » Gli prese la mano: « Vorrei essere sicura che mi ami. Che non è la solita avventura con la signora senza il marito... ».

« Te l'ho detto, no? che mi sono innamorato di te la prima volta che ti ho vista al campo. Anche se stentai a rendermene conto, perché non m'era mai successo... »

« Ma allora eri un ragazzo. Certo, mi fa piacere che ti fossi innamorato di me; un po' del resto me n'ero accorta » e si mise a ridere.

« Da che cosa? »

« Ma per il fatto che eri diventato amico di Giorgio... quando non avevate niente in comune. Di' la verità: ti fingevi suo amico per poter venire a casa mia. »

« Sì » rispose Ferruccio, consapevole che era una mezza verità. Giorgio lo attirava proprio perché era così diverso da lui. L'avrebbe attirato anche senza la sorella.

« Io voglio sapere come sono i tuoi sentimenti per me ora che sei un uomo. È proprio vero che mi ami? »

Ferruccio non rispose subito. Accese anche lui una sigaretta:

« Me la sono fatta anch'io questa domanda. Volevo essere sicuro che non fosse solo la suggestione del ricordo... Sì, sono sicuro che ti amo ».

« Ti credo. Sono convinta che sei sincero. Ma ti potresti ingannare... Oh Ferruccio, che cosa ti è piaciuto in me? Non mi dire gli occhi o la bocca o i capelli, mi offenderei. »

« M'è piaciuto che, vedendomi intimidito, abbia preso tu l'iniziativa... che sia stata tu a dirmi che t'eri innamorata di me. Questo non m'era mai successo con nessuna ragazza. »

« Ecco, vedi, io te l'ho data la prova che ti amavo... Sennò non mi sarei comportata in quel modo. Ma di te, come faccio a essere sicura? Prima che ti parlassi io, non m'avevi detto nulla... Non accampare la scusa della timidezza: con altre, a quanto ho capito, hai trovato il coraggio di farti avanti. Perché con me no? »

« Ma Anna, per il fatto che eri sposata... »

« Andiamo, te l'ho accennato subito il primo giorno che il mio era un matrimonio infelice. Ricordi il discorso che ti feci quando s'era seduti sulla panchina? »

« Fui io a proporre di sederci. Non so come ebbi tanto coraggio. »

« Tu ti vuoi far credere più timido di quello che sei. » Lo guardava diffidente. Succedeva spesso che una sua parola o un suo gesto la rendessero diffidente. Ferruccio se n'accorgeva da un lampo che le s'accendeva nell'occhio.

« Non sarò timido, ma non sono nemmeno sfacciato. Sai che non ho mai avuto il coraggio di fermare una ragazza per strada? »

« Non cambiar discorso... Spiegami perché non mi dicesti niente, se è vero che cominciavi a sentire qualcosa per me. »

« Perché ero in soggezione. Mi ricordavo di te che eri una ragazza mentre io portavo sempre i calzoni corti... Sul serio, mi perseguitava quel ricordo. »

« Vorrei poterti credere. » Gli accarezzava la mano, pensierosa. Quando si astraeva, Ferruccio non osava nemmeno parlare, per la paura di disturbarla.

Improvvisamente lo guardò:

« Non mi vuoi mica imbrogliare? Sarebbe terribile, se dovessi provare un'altra delusione... ».

Forse era stato proprio quel giorno (ma ormai era sera) che aveva cominciato a raccontargli del marito (prima, aveva fatto solo degli accenni):

« Lo avevo sposato perché mi sembrava una persona seria... Mi capisci? Io avevo bisogno di affidarmi a qualcuno... Forse per il fatto che mio padre s'era sempre interessato così poco di noi... ».

« Invece, non era una persona seria. »

« No, per quello non m'ero ingannata... Serio era anche troppo. Solo mi accorsi che avevo bisogno anche di altro... Ma lui, a parte la serietà, non aveva da darmi nulla. Era la persona più vuota che avessi mai conosciuta. »

« Ne parli come se fosse morto. »

« Per me è morto. Intendiamoci, gli auguro di scamparla e di tornare a casa... Ma non posso nemmeno pensare di riprendere a starci insieme. »

« Quando avete cominciato a litigare? »

« Veri e propri litigi, non ne abbiamo mai avuti... Voglio dire, che avessero un motivo serio. È una persona con cui non è nemmeno possibile litigare. Anche questa, era una cosa che mi esasperava. Da ultimo, mi bastava vederlo, che mi veniva voglia di trattarlo male... Per un nonnulla, gliene dicevo di tutti i colori. »

« E lui? »

« Lui niente, stava zitto. Non ci rimaneva nemmeno male. Non aveva sangue nelle vene, come dicono a Roma... Un animale a sangue freddo, ecco come lo definivo io. »

« Cosa? » fece Ferruccio incuriosito.

« Non è così che si dice? Quando uno non se la prende di nulla... Lui era in questo modo, non c'era nulla che lo potesse scuotere. Mi ricordo quando ci fu la dichiarazione di guerra... io la sentii alla radio, e mi misi subito in agitazione: pensavo che li avrebbero richiamati alle armi, sia mio marito che mio fratello. Più che altro mi preoccupavo per mio fratello. Ed ecco, squilla il telefono: era mio marito. Mi disse che avrebbe fatto tardi, perché aveva ancora del lavoro da sbrigare... Io lo interrompo: L'hai saputo che siamo in guerra? Sì, risponde lui, e aggiunge: È proprio per questo che farò tardi. Ci hanno costretto a interrompere il lavoro per ascoltare il discorso del duce... »

« Giusto, che idee politiche aveva? »

Anna scosse il capo:

« Io credo che non ne avesse. Non parlava mai di politica. Ma era così in tutte le cose, non aveva un'opinione su niente. Non si occupava di niente ».

« Ma ti aveva sposata per amore. »

« Anche su quello, ho i miei dubbi... Come vuoi che un tipo simile si potesse innamorare? Era un pezzo di ghiaccio... Io ho il vizio di piangere un po' troppo spesso, ma lui, sai che non ha più pianto da quando era bambino? Eppure ha avuto delle disgrazie, gli è morto il padre, gli sono morte due sorelle... Ti sembra normale che uno non versi una lacrima nemmeno per la morte di una persona cara? Ma poi, se uno ha appena un po' di sentimento, si commuove anche per delle sciocchezze, per delle cose finte: al cinema, non ti viene mai da piangere? ».

« Spessissimo. A volte per certi film cretini... Ci ho riso sopra fino a un momento prima, ma quando i due si devono separare, oppure si riconciliano, mi ci viene da piangere. Il finale mi commuove sempre. Soprattutto se è un lieto fine... Non ho il tempo di asciugarmi gli occhi che s'accende la luce. »

« Io quando vado al cinema bisogna che non mi tinga gli occhi, sennò darei spettacolo... Diventerei un mascherone. »

« Gli occhi, potresti fare a meno di tingerteli. »

« Non m'interrompere, sennò perdo il filo. Dov'ero rimasta? Ah, alla faccenda delle lacrime. Non è da dire che me la sia inventata, me la raccontò lui. Disse che una donna si può anche capire, che ogni tanto piagnucoli... Io però esageravo. In questo aveva anche ragione, lo riconosco da me d'essere troppo emotiva... Ma come vuoi che andassi d'accordo con un tipo del genere? Mi gelava, ecco l'effetto che mi faceva. Non credere che fossi sola a pensarla così. Lo sai che non aveva un amico? Né un collega d'ufficio, né un vecchio compagno di scuola, nessuno... L'invito a quella festicciola dove lo conobbi, l'aveva accettato perché la domenica non sapeva mai dove andare ».

Ferruccio rifletteva. Alla fine disse:

« Tipi così, è più facile che restino scapoli ».

« Me lo sono domandato anch'io, cosa l'avesse spinto a prender moglie. Credo che desiderasse i bambini... C'era in lui quest'idea. Forse perché a casa sua erano tanti, quattro fratelli, tre sorelle... Sai che mi volle far visitare da un ginecologo pochi mesi dopo il matrimonio? »

« E il ginecologo, che disse? »

« Il ginecologo non si pronunciò. Sai come sono i medici, non si vogliono sbilanciare. Comunque, mi ordinò una cura... che fortunatamente non ha avuto effetto. Pensa che tragedia sarebbe stata, se avessi avuto un bambino da lui. »

« Almeno i primi tempi, sarete stati felici » disse Ferruccio. Cominciava a sentire un languore allo stomaco: era il primo sintomo della sofferenza.

« No, nemmeno allora... A me, dopo un paio di giorni, m'era venuto a noia stare a Napoli. Andammo anche a Capri... »

« Quella fotografia, te la facesti allora? » La teneva sul cassettone.

« Sì... La riconosco dal vestito. »

« Lì sei sorridente. »

« In fotografia si sorride sempre... Me l'avrà chiesto lui, di sorridere. Ma per darti un'idea del mio stato d'animo: voleva che ce ne facessimo una insieme; aveva pregato un signore che passava di scattarcela... Be', non ne volli sapere. »

« Questo mi sembra un capriccio. »

« Non voglio che tu lo dica! » gridò Anna. « Lo diceva sempre lui, che ero capricciosa. Siccome non aveva un briciolo di fantasia, tutto quello che usciva dall'ordinario gli sembravano capricci. Una volta, a Napoli, mi voleva portare in un ristorante. Gli dissi che non mi andava a genio: così, a vederlo di fuori. E lui: Ma se è consigliato dalla guida. »

« Ce ne sono che credono ciecamente alle indicazioni della guida. I turisti si comportano così. »

« Già » rispose Anna. « Ma lui era così in tutto. Le leggi, i regolamenti, per lui erano vangelo. Una volta era venuto a prendere il caffè da noi un suo collega d'ufficio... Parlavano di una poveraccia che aveva diritto a un rimborso ed erano anni che aspettava. Mio marito sosteneva che non c'era modo di accelerare la pratica, e tirava in ballo gli articoli del regolamento. L'altro aveva un bel dirgli che era un caso pietoso, che quella disgraziata nel frattempo sarebbe morta di fame... Di' la verità: potevo sopportare un individuo simile? »

« Ma che l'avevi sposato a fare. Certi difetti ti saranno saltati agli occhi mentre eravate fidanzati. »

« È che il fidanzamento fu così breve... Ci si vedeva solo la domenica... Certo, che fosse gretto, limitato, me n'ero accorta anche prima di sposarlo. »

« Vedi bene che ho ragione io. »

« Ma Ferruccio, prima di conoscere te, mica avevo un termine di confronto! Le persone del mio ambiente, erano tutte di quel livello. Sì, leggendo mi poteva venire il sospetto che la gente non fosse tutta in quel modo... Ma mi dicevo che i libri erano una cosa e la realtà un'altra... Tu sei il primo che abbia a che vedere coi personaggi dei libri... »

« A che personaggio somiglio? » domandò Ferruccio sorridendo.

« Dicevo così, in generale. Tu appartieni a un mondo in cui non ci sono solo i quattrini, le faccende pratiche, gl'interessi... Tu hai degl'ideali, delle aspirazioni... »

« Non sono il solo ad averne. »

« Li avrà il tuo amico che sta a Milano, li avranno gli altri che frequenti... Ma io, gli uomini, i giovanotti, li avevo conosciuti tutti di uno stampo: individui che pensavano solo ai quattrini, alla sistemazione, alla carriera... Ti dico, il migliore era mio fratello, che almeno non era ambizioso... »

« Torniamo al discorso di prima. Non mi hai ancora detto la ragione vera per cui ti sei sposata. »

« Mah » disse Anna. « È difficile sapere perché si fa una cosa... Forse m'era presa la paura di restare zitella. No, non fu nemmeno questo. Volevo... buttarmi. Non ne potevo più della vita che facevo. Avevo bisogno di cambiare. Così, il primo che s'è fatto avanti, l'ho sposato. »

Anna s'era rimessa a parlare di Giorgio:

« Tutte le speranze che avevo riposto in lui, sono andate in fumo. È diventato un impiegatuccio. Ha proprio quella mentalità lì. Dio ne guardi venisse a sapere di noi... ».

« È stata la moglie a cambiarlo? »

« Era già cambiato quando tornò dal servizio militare. Ma che vado a parlare di cambiamenti. Giorgio nel fondo è sempre stato così... »

« Sarebbe piaciuto anche a me essere come lui » la interruppe Ferruccio.

« Ma che cosa dici? » fece Anna sorpresa.

« Fin da piccolo ho sentito di essere diverso dagli altri ragazzi. Ma credi che lo considerassi un privilegio? Al contrario, mi consideravo un escluso... »

« Un escluso da che? »

« Dai piaceri della vita. Perché non mi andava di giocare a guardie e ladri? Perché non mi divertivo a fare la raccolta delle figurine? Perché di regalo per la Befana chiedevo sempre libri, invece del meccano o della bicicletta? Lo sai che ho imparato ad andare in bicicletta a quattordici anni? Lo sai che non ho mai imparato a fischiare? »

Anna si mise a ridere:

« Era proprio tanto importante, saper fischiare? ».

« Era importante sì. Ora ti dico quali erano le cose importanti: fare a botte; tirare i sassi sia con la fionda che senza... Ce n'erano che con la fionda riuscivano ad ammazzare gli uccellini... pensa che mira avevano. »

« E ti sarebbe piaciuto commettere queste barbarie? »

« Ammazzare gli uccellini no... Nemmeno tormentare le lucertole... Mi sarebbe piaciuto essere un ragazzo di strada. Il guaio è che allora abitavamo in centro. »

« In centro non ce n'erano ragazzi di strada? »

« Altro se ce n'erano. Ma mio padre non voleva che uscissi solo, per paura che mi capitasse una disgrazia. Distratto come sei, diceva, finisci sotto una macchina. »

« Quando vi siete trasferiti in periferia? »

« L'anno avanti che voi veniste a stare a Roma. Fu così che cominciai a frequentare il campo. Ci passavo tutti i pomeriggi. Stavo con gli altri ragazzi, cercavo di provar gusto ai loro giochi... A giocare a calcio, mi ci divertivo davvero. Ma mi c'ero messo troppo tardi, ormai avevo quattordici anni, non s'impara più a quell'età. »

« Giorgio non ci ha mai avuto passione. Lui aveva la passione di correre. Prima la bicicletta, poi la motocicletta... avesse avuto i mezzi, si sarebbe fatto anche l'automobile. Purtroppo quella non potrà mai comprarsela » sospirò Anna.

« Era il ragazzo che invidiavo di più. »

« Lo invidiavi perché era mio fratello. »

Ferruccio scosse il capo:

« Anche se non ci fossi stata tu, avrebbe attirato lo stesso la mia attenzione. Era un ragazzo come gli altri, ma nello stesso tempo aveva qualcosa di speciale ».

Anna fu subito d'accordo:

« È così » disse. « Pensa, aveva due anni meno di me, e le ragazze crescono più in fretta dei maschi: quando avevo sedici anni e lui quattordici, non lo avrei dovuto considerar niente... Invece, mi dava già soggezione. Se mi rimproverava di qualcosa, ci restavo male peggio che se il rimprovero me l'avesse fatto mia madre. Mia madre, lei sì, che non l'ho mai presa sul serio... »

« Perché? »

« Perché non ha cervello. »

Ferruccio era ansioso di riportare il discorso sul marito:

« Se ti sei decisa a sposarlo... qualcosa avrai provato per lui ».

« Può darsi » rispose Anna. Si mise a ridere: « Per le persone brutte, e per quelle anziane, ho sempre avuto un debole... ».

« Parla sul serio. »

« Sto parlando sul serio. Una volta ho letto in un romanzo di una ragazza che si faceva mantenere da un vecchio: l'autore la giudicava severamente, ma io non ci trovavo niente di riprovevole. Una donna, mi dicevo, deve pure farsi mantenere da qualcuno: anche il matrimonio cos'è, se non una forma di prostituzione legalizzata? Una si prostituisce a un uomo solo invece che a cento, ma la sostanza della cosa rimane quella. Così almeno è per la maggioranza delle donne, che non avendo un lavoro ed essendo quindi nell'impossibilità di mantenersi... »

« Anch'io ero di quest'idea. »

« Perché? Ora la pensi diversamente? »

« Ma Anna se ci fossimo ritrovati prima... voglio dire, se tu fossi stata sempre ragazza... il nostro sarebbe stato un matrimonio d'amore. »

« È sempre brutto che una ragazza non abbia la possibilità di scegliere. Che debba per forza sposarsi. Anche se si sposa per amore, le può venire il dubbio che non sia stata quella la ragione vera per cui s'è sposata... Io, se non mi fossi sposata, me lo sai dire che fine avrei fatto? Sarei rimasta a carico di mio fratello... Per cosa credi che abbia tirato avanti il matrimonio? Era bastato un mese a farmi capire che era stato uno sbaglio... »

« Già, perché non ti sei separata? »

« Bisognava pure che mi facessi mantenere da qualcuno. »

« Appunto, tuo marito sarebbe stato costretto a passarti gli alimenti... »

« Per la separazione bisogna essere in due... Lui mica era d'accordo. »

« Non mi hai detto che la vostra vita in comune era diventata un inferno? »

« Era un inferno per me... Sì, forse anche per lui... Ma non avrebbe mai acconsentito alla separazione... gli sembrava un disonore. Io l'ho minacciato anche di andarmene, di tornare da mia madre... Ma lui non mi prendeva sul serio. Ormai s'era fatto un'opinione di me... »

« Sentiamo: come ti considerava? »

« Lunatica, testarda... matta addirittura. Secondo lui non c'era motivo che mi dovessi lamentare. "Hai tutto quello che può desiderare una donna; di cosa ti lamenti?" Me lo sarò sentito dire un milione di volte. »

« Tua madre e tuo fratello avranno dato ragione a tuo marito. »

« Oh, loro mica sapevano niente. Il solo a cui mi sia

aperta è stato lo zio Mario... Glielo dissi poco prima che mio marito partisse. »

« Eri andata a trovarlo a Padova? »

« No, era venuto lui a Roma. Ogni tanto ci doveva venire per i suoi affari. Viene in fretta, ma il tempo di vedermi lo trova sempre. Sai, mi vuole bene come a una figlia... Ricordo che ci si vide in un caffè del centro. Mi stette a sentire e poi mi disse che l'aveva capito subito che le cose non andavano... Mi consigliò di rivolgermi a un avvocato. Solo un avvocato poteva trovare la strada... »

« Perché non hai seguito il suo consiglio? »

« Perché nel frattempo mio marito ricevette la cartolina del richiamo... Ormai non c'era più tempo per la separazione. E poi sarebbe sembrata una crudeltà da parte mia volermi separare proprio ora che stava per andare in guerra... »

« Ti sarà rinato anche un po' d'amore per lui. »

« Quello no: appena partito, provai un sollievo tale... Allegra come in quei giorni, non ero stata mai. Ma è destino che qualcosa si metta sempre di traverso. A un certo punto mi prese la paura di essere incinta... »

« Ma come, eravate in rotta e continuavate...? » Non andò avanti; anche Anna se la cavò con una risposta evasiva.

Ferruccio non voleva apparire indiscreto, era difficile che le facesse domande. La prendeva sempre molto alla larga. Ogni tanto era Anna a entrare nel discorso. Sembrava che non ci trovasse nulla di male.

Ma da principio le premeva più fargli un quadro della sua vita da sposata, quasi che i rapporti intimi fossero qualcosa di secondario e di trascurabile.

« Hai detto che con tuo zio ti vedesti in un caffè... Perché non venne a casa? »

« Sarò stata io a dirgli di non venire. Per potergli parlare a quattr'occhi. »

« Tuo marito il pomeriggio non l'aveva l'ufficio? »

« Mica sempre. A volte si portava il lavoro da fare a casa. »

« E tu come lo passavi il tempo? »

« Il pomeriggio uscivo sempre. Trovavo la scusa che dovevo fare una spesa o che dovevo andare da mio fratello o che dovevo andare da mia madre... A lui del resto non gliene importava che stessi in casa. Avrebbe fatto delle storie se fossi voluta uscire la sera... Ricordo una sera che era passato a prendermi mio fratello per andare da mamma: se la rifece anche con lui, gli disse che era un ragazzo... »

« Non capisco. Tuo fratello immagino che t'avrebbe anche riaccompagnata... Perché non voleva che uscissi? »

« Perché sarei rincasata tardi. E lui era abituato ad andare a letto presto. »

« Ah. »

« Ti dico, la mia sola distrazione era uscire il pomeriggio. Cominciavo già a pregustarlo quand'ero a tavola. Lo sai che ci metto tanto a mangiare... è un abitudine che ho fin da bambina. Be', con lui m'ero abituata a mangiare in fretta. Anche la donna era svelta a servire in tavola: l'avevo abituata io così. Appena finito di mangiare, mi cambiavo e uscivo. Se era cattivo tempo, prendevo il tram e andavo da mio fratello. O da mia madre. La circolare destra mi portava in Prati e la circolare sinistra a San Giovanni. Se era bel tempo andavo in centro a piedi. O mi fermavo a Villa Borghese... Quelle passeggiate sono la sola cosa che ricordi con piacere. Sai che mi pareva di essere ancora ragazza? Non ci pensavo più di aver marito... » Tacque un momento: « Mi ci faceva pensare solo l'anello. Perciò portavo i guanti anche nella buona stagione. Magari m'infilavo solo quello sinistro... Purtroppo era un'illusione di breve durata. La sera, mi toccava tornare a casa. Mi sentivo morire appena mettevo piede nel portone. E quando mi vedevo davanti la targhetta... Hai visto il nome com'è scritto grande? L'aveva voluta lui così. La donna, la doveva lucidare tutti i giorni. Neanche fosse stato un vero avvocato, che ha da ricevere i clienti. »

« La sera, non uscivate mai? »

« Lui non usciva il pomeriggio, figuriamoci se aveva voglia di uscire dopo cena. Almeno, mi avesse lasciato sentire in pace la radio... Se penso che ho vissuto un anno e mezzo in questo modo, mi vengono i brividi. Tu mi dirai: e prima, quando eri a casa tua, che vita facevi? La stessa: anche lì ero obbligata a rientrare a quella data ora, dopo cena non sono mai uscita... A tavola con mia madre non si scambiava una parola... Ma era diversa. Ero una ragazza, speravo nell'avvenire... Quante illusioni mi facevo! E poi il tempo lo occupavo meglio. Avevo la risorsa della lettura. Lo sai che dopo sposata non ho più letto un romanzo? »

« Come mai? »

« Così. Non mi attirava più. Ormai sapevo che i romanzi nella vita non sono possibili... »

« Ma a spasso, continuavi ad andarci. »

« Ci andavo per disperazione. Tanto per non restare in casa. »

« Hai detto che fuori t'illudevi di essere tornata ragazza. »

« Facevo di tutto per illudermi... ma bastava un niente per richiamarmi alla realtà. Avevo un bel nascondere l'anello infilandomi il guanto, me lo sentivo lo stesso al dito... » Scosse la testa: « Non era più come quando ero ragazza. Allora, ogni giovanotto che passava, poteva essere l'uomo della mia vita... Non mi fraintendere, non è che io guardassi tutti i giovanotti che passavano. Non è nemmeno che mi venisse il pensiero: oggi potrei incontrare l'uomo della mia vita... A volte mi veniva, ma lo sapevo da me che era un pensiero stupido. L'uomo della mia vita l'ho incontrato un giorno che, figuriamoci, avevo tutt'altro per la mente... ».

« Dove l'hai incontrato? » Gli piaceva sentirglielo ridire.

« In Via Aldrovandi, proprio davanti al cancello di Villa Borghese... Io ero appena scesa dalla circolare... »

« Avevi sbagliato nello scendere? »

« No, ero scesa apposta una fermata prima per far due passi a piedi. Te l'ho raccontato, no? che ero stata a far visita a mia madre e c'erano anche mio fratello e mia cognata... Ero talmente giù che sentivo il bisogno di una boccata d'aria. Appena scesa incontrai un signore che non vedevo da molti anni... »

« E facesti finta di non vederlo. »

« Non è vero: ti volevo solo mettere alla prova... Poteva anche darsi che non te ne importasse niente di fermarmi. »

« Poteva anche mancarmene il coraggio... Che avresti fatto se mi fosse mancato il coraggio? »

« Sarei tornata indietro e ti avrei fermato io. »

« Non mi vorrai far credere che vedendomi pensasti subito che ero l'uomo della tua vita. »

« Quello che pensai non me lo ricordo. Ricordo che il cuore mi fece un tuffo... »

« Anche questa, ho paura che sia un'aggiunta fatta dopo. »

« È vero o no che accettai di farmi accompagnare? Credi che avessi mai dato retta a un giovanotto incontrato per strada? »

« Me mi conoscevi. »

« Ti avevo conosciuto ragazzo... Cosa ne sapevo di te? »

« Bene, accettasti di farti accompagnare, e poi? »

« E poi, quando ti fosti rinfrancato e mi proponesti di far due passi per Villa Borghese, accettai anche quello; e lo stesso quando mi dicesti: Mettiamoci a sedere su quella panchina. Lì cominciai a provocarti, a chiederti se era vero che ti ricordavi sempre di me; e di come te ne ricordavi... Finché tu mi confessasti che ero stata il tuo primo amore. »

Ferruccio i primi tempi non aveva dato segni di gelosia; non solo, ma mostrava di considerarla una tipica manifestazione della grettezza mentale propria di tanti mariti. Così lei era stata spinta a confidarsi. Se sorvolava sui particolari, era per la ripugnanza ispiratale dal ricordo. Certi ricordi le dovevano riuscire intollerabili, se rimaneva zitta, con gli occhi sbarrati, insensibile alla presenza di Ferruccio. Era inutile che lui cercasse di scuoterla, che si mettesse a parlare d'altro per sviare il corso dei suoi pensieri. Non lo stava nemmeno a sentire.

Malgrado queste lacune, era venuta fuori tutta la storia. Ferruccio, volendo, avrebbe potuto scriverla. A volte lei glielo diceva, di avergli dato lo spunto per un romanzo.

« Sarebbe una materia troppo scottante » si schermiva lui.

« Perché scottante? Ti fa male sentirne parlare? Sono stata una stupida, non avrei dovuto dirti niente, ma che vuoi, non mi ero mai potuta sfogare... »

Ferruccio cercava di rassicurarla. E lei, credendolo superiore a certe cose, continuava a parlargliene.

La prima notte a Napoli: lei era riuscita a ritardare fino alle undici il momento di ritirarsi in camera; e una volta a letto gli aveva detto di essere stanchissima...

Ferruccio s'era sentito rinfrancare da un'irragionevole speranza:

« Ti ha lasciato dormire? ».

« Ti pare che un tipo come lui rinunciasse ai suoi diritti proprio la prima notte? Potei solo dirgli di far presto, perché ero davvero stanca... »

Aggiunse:

« È un tipo fatto in questo modo, per lui ci sono solo diritti e doveri... Avrebbe dovuto fare l'avvocato, anzi, avrebbe dovuto fare il giudice... ».

« Più me ne parli, meno ti capisco. Come hai fatto a sposare un individuo simile? »

« Non lo so più nemmeno io. Credi che la colpa la butti addosso a lui? No, la butto tutta addosso a me... Perché uno sbaglio simile non l'avrei mai dovuto fare. »

« Da fidanzati, come lo passavate il tempo? Chiacchierando? »

« Sì, ma c'era sempre qualcun altro. O di casa mia o di casa sua. Siamo andati a mangiare spesso da sua sorella, da suo fratello... »

« Il fratello è un tipo come lui? »

« Per niente. Il fratello è un tipo rozzo, mica ha studiato. Fa il grossista, ha un grande magazzino a San Giovanni... Il marito della sorella, è anche lui nel commercio. »

« I genitori sono morti? »

« È ancora viva la madre. Ha più di ottant'anni. Perché Carlo è il più piccolo: oltre a quel fratello lì, ne ha altri due che sono rimasti nelle Marche e hanno passato la cinquantina... »

Dei parenti del marito, ne parlava con simpatia. Sembrava si tenesse che fossero benestanti. Aveva fatto un matrimonio sbagliato per via che non s'erano incontrati come mentalità; ma di per sé Carlo era un buon partito: aveva un ottimo impiego, era di famiglia ricca... Questo il sottinteso che Ferruccio credeva di percepire nei suoi racconti.

Non la interrompeva: non si permetteva ancora di farle delle critiche. E poi, gli premeva troppo conoscere i particolari della sua vita coniugale.

La prima notte lì in Via Ristori. Erano stati a cena dalla madre, poi in circolare erano tornati a casa. La circolare era vuota, non faceva nemmeno le fermate: « E io che speravo di arrivare tardi; e che la circolare fosse affollata, e mi toccasse stare in piedi, in modo da poter accampare la scusa della stanchezza... ».

Un lunghissimo numero di sere passate in casa. Lei ascoltava la radio, lui non faceva nulla: « Stava con l'orecchio teso, a sentire i rumori di là in cucina. Dopo aver rigovernato, la donna s'affacciava a darci la buonanotte e se ne andava a dormire. Hai visto in che buco dormiva, ma sapessi come la invidiavo... Per me era un fastidio anche doverci dormire insieme. Sarà che la notte mi agito, sogno male, cambio continuamente posizione... No, è che non potevo sopportare la vicinanza di quell'uomo. Perché con te ci dormo benissimo. Faccio tutto un sonno. Avrei voluto dividere i letti, ma non ne volle nemmeno sentir parlare. Una volta, al cinema (una delle poche volte che mi portò al cinema), in un film francese o americano, non ricordo nemmeno bene, si vedevano due che dormivano nella stessa camera, ma in letti separati: glielo feci notare, ma non riuscii a convincerlo. Aborriva tutto ciò che sapeva di nuovo, di moderno, di forestiero... Cosa credi, nell'intimo era peggio dei fratelli, benché fosse il solo che avesse studiato... Scommetto che anche quelli rimasti al paese sono meno retrogradi di lui. »

« Così continuaste a dormire nello stesso letto. »

« Sì, ma diventarono sempre più frequenti le notti in cui andavo a dormire sul divano. Gli ultimi tempi, si litigava tutte le sere. Durante il giorno, ci ignoravamo a vicenda, e lo stesso a tavola: ma appena sparecchiato, cominciava un litigio. Gli bastava vedermi tirar fuori la sigaretta... »

« Non fumava anche lui? »

« Aveva smesso. Diceva che fumavo troppo, che mi faceva male alla salute. Lui aveva smesso perché aveva letto da qualche parte che il fumo fa male non so a che cosa... La verità è che non gli andava che spendessi i soldi per le sigarette. »

« Era tirchio? »

« Non lo voleva far vedere, ma era di una tirchieria incredibile. Me n'ero già accorta a Napoli... Al ristorante lasciava una mancia che sarebbe andata bene giusto in un bar... Ma in questo modo, mi diede un'arma in mano. »

« Che intendi dire? »

« I primi tempi si contenne, con me cercava anzi di mostrarsi generoso... Poi cominciò con le osservazioni. Al principio del mese mi dava un tanto e guai se non lo facevo bastare. Finché mi stancai e gli dissi di pensarci da sé, alle spese di casa. Quanto alle spese personali, mi dava giusto da comprarmi le sigarette... Se avevo bisogno di un capo di vestiario, glielo dovevo dire e ridire... »

« Allora era per questo che litigavate. »

« Per lui sarà stato anche un buon motivo, per me era solo un pretesto. Gl'inventavo che avevo bisogno di un vestito nuovo per poterci litigare. Cosa vuoi che m'importasse dei vestiti » (Anna si vedeva com'era adesso, non ricordava più che allora teneva sempre all'eleganza). « La faccenda dei soldi era un pretesto per attaccar briga. E per andarmene a dormire sul divano. »

Anna e Ferruccio s'erano incontrati il 16 maggio del '43. Né l'uno né l'altra ricordava con precisione il giorno in cui erano divenuti amanti (era stato all'incirca un mese e mezzo dopo). Per la gente doveva essere successo molto prima, perché Anna subito uno dei primi giorni lo aveva fatto salire in casa.

C'entrava un po' la vanità di fargli vedere che era una donna indipendente: « È stato sempre il mio sogno, di viver sola ». Dacché il marito era andato in guerra, aveva fatto a meno della donna a tutto servizio: « Figurati se la volevo sempre tra i piedi ». Ora ne aveva una che andava via alle due del pomeriggio: « Io dormo fino a mezzogiorno, sicché la vedo poco... »

Ferruccio aveva avuto giusto il tempo di dare un'occhiata ai due salotti, che erano in comunicazione. Anna era uscita con lui sul pianerrotolo: « Aspetta, ti chiamo l'ascensore ». « Non mi fa nulla scendere a piedi. Non stare a disturbarti. » Anna l'aveva voluto riaccompagnare giù. E in ascensore, l'aveva abbracciato. Sentendo il duro dei seni, era stato preso dall'eccitazione; ma s'era limitato a tenerla stretta.

In tram gli era venuto il dubbio d'essersi comportato da stupido: « Avrei dovuto approfittare dell'occasione ». Si disse che la prossima non se la sarebbe fatta sfuggire.

Ma un'altra occasione non si ripresentava. Si vedevano tutti i giorni; la loro intimità era cresciuta, s'erano baciati: Anna tuttavia non gli aveva più detto di salire. Si salutavano davanti al portone.

Finché Ferruccio trovò il coraggio di ribellarsi:

« Stiamo altri dieci minuti insieme. Non hai detto che vai sempre a letto dopo mezzanotte? Sono poco più delle undici... ».

« Lo faccio per te. Ho paura che ti tocchi aspettare troppo il tram. »

« Io vado volentieri anche a piedi. »

« Allora, facciamo altri due passi. » Erano andati avanti per Via Ristori. Si tenevano abbracciati.

Un signore, passando, l'aveva salutata. « Chi è? » le aveva domandato Ferruccio.

« Un vicino di casa. »

« Vedi, è imprudente andare in giro... Se tu mi avessi fatto salire, non ci avrebbe visti. »

Lei l'aveva guardato con un sorrisetto:

« Io credo che sarebbe più imprudente stare in casa ».

« A quest'ora è difficile che qualcuno ci veda salire. »

« Io degli altri non me ne preoccupo. Mi vedano pure in giro con te, pensino quello che vogliono... È di noi due che mi preoccupo. È soprattutto di me. Perciò bisogna che prenda delle precauzioni. »

« Precauzioni di che genere? »

« Per esempio questa, di non farti più venire in casa. Perché potrei cadere in tentazione... »

« Ma Anna, si dovrà arrivare anche a quello... Una storia d'amore deve fare il suo corso fino in fondo. »

« Mi fai rabbia quando parli così. »

« Così, come? »

« Così, in generale. Parla di me e di te. »

« Bisogna che io e te arriviamo a fare quella cosa... dato che tutt'e due lo desideriamo. »

Ora lei non aveva più voglia di scherzare:

« Oh, Ferruccio, io ci penso giorno e notte... Quando sono con te no, non penso a nulla. Ma quando sono sola, mi domando se sarebbe giusto farlo. Da una parte lo desidero, e dall'altra, ho paura di arrivarci... ».

«Ti sembrerebbe di commetter peccato. »

« Sai, non è che io sia tanto religiosa... Vado giusto a Messa la domenica. »

« Allora pensi che non devi fare questo torto a tuo marito. »

« Figurati se penso una cosa simile. No, è a noi due, che penso... Gli altri per me non esistono nemmeno. »

« Non sei ancora sicura del mio amore. »

« Ho paura che ti passerebbe. »

Ferruccio si scostò:

« Anna, tu non puoi infliggermi questo tormento...

Perché per me è un tormento desiderarti e non poterti avere ».

« Io sono tua con tutta me stessa, lo sai, Ferruccio. »

« Sei mia con l'animo; ma col corpo... »

« È davvero tanto importante per te? » disse piano, come parlasse per conto suo. « Allora sei anche tu come gli altri... Quando gli uomini mi guardano, credi che ne sia lusingata? Guardano il mio corpo. Di me, di come sono fatta dentro, non gliene importa nulla. » Gli prese la mano: « Prima di cedere al desiderio... perché anch'io lo desidero, lo sai, te ne accorgi... ».

Lui le prese il viso e la baciò, incurante di uno che passava. Lei era diventata rossa:

« Basta che mi baci, non capisco più niente. Vedi, se cedessi al mio impulso, ti direi: Saliamo in casa... No, c'è qualcosa di brutto. Non bisogna farlo. Mi devi aiutare anche tu, Ferruccio. È una cosa troppo preziosa quella che abbiamo messa insieme in questi giorni, ma ho paura che sia una cosa delicata... Dobbiamo starci attenti. È la cosa più bella che abbia avuta nella vita, non voglio che vada sprecata ».

« Anche per me, è la cosa più bella. Ma non devi dire di averla ricevuta dal Cielo. L'hai fatta tu, con le tue mani... »

« L'abbiamo fatta insieme » disse Anna.

Anna cambiava spesso vestito. Erano vestiti interi, senza maniche; o tailleur, sotto cui indossava una camicetta anch'essa senza maniche.

Per andare in centro, dovevano attraversare Villa Borghese. Anna teneva sul braccio la giacca del tailleur o il golf, che aveva portato per la sera.

Aveva già le braccia abbronzate: « Prendo il sole sul balcone. Siccome quest'anno non si potrà andare al mare, per via dei preparativi antisbarco... ».

« L'anno scorso, dove andavi? »

« A Ostia. »

« Io a Fregene. »

« Vedi? È il destino che ci ha fatto incontrare... »

« Ma io a Villa Borghese ci venivo spesso... Tu m'hai detto che ci venivi quasi tutti i giorni... Ci si sarebbe potuti incontrare prima. »

« Ci venivi con una ragazza? »

« Ci venivo solo. »

« Uhm » borbottava Anna, poco persuasa. Faceva sempre storie per la panchina: « Perché hai scelto proprio quella lì? ». Lui rispondeva: « Perché mi hai detto che sei stanca » oppure: « Perché è all'ombra ». E lei: « Mica ti ci sarai seduto con qualche altra? ».

« Piuttosto cos'è questa faccenda di prendere il sole sul balcone: ti spogli... tutta? »

« Stupido, mi metto in costume... Potrei starci anche nuda, mica mi vedrebbe nessuno. »

« Ti potrebbero vedere da sopra. »

« Non ti ricordi che sto all'ultimo piano? »

« Allora dalla terrazza. »

« No, la terrazza rimane in dentro, anche se uno ci s'affacciasse... »

Lui l'abbracciava; se non c'era nessuno in vista, le dava anche un bacio.

« Smetti di dare scandalo. »

« Tu sei scandalosa... Sì, con quell'idea di prendere il sole nuda... »

« Sei stato tu a suggerirmela. Domani voglio davvero sdraiarmi nuda... Una sta male quando è mezzo abbronzata e mezzo no. »

« Anna, io ti desidero... Dobbiamo fare all'amore. »

« Ti sei eccitato perché ho fatto questo discorso. Sei anche tu uno sporcaccione, come tutti gli uomini. Lo vedo dal modo come mi guardate: mi spogliate con gli occhi... »

« Io ti vorrei spogliare davvero. »

« Levami le mani di dosso. Scostati. Mi fai caldo. Uff: come sei appiccicoso. Andiamocene, ho da fare delle spese. »

Scendevano dalla scalinata della Trinità dei Monti (Anna voleva sempre passare di lì). Le sembrava di essere stata troppo arrendevole con lui: si vendicava non dandogli più ascolto. Si fermava davanti alle vetrine, entrava anche nei negozi. Non comprava mai niente. Ferruccio si meravigliava della sua disinvoltura.

Era disinvolta anche in trattoria, benché non fosse abituata ad andarci. Per l'ordinazione chiedeva consiglio al cameriere, poi cambiava idea e si faceva portare un altro piatto. Ormai c'era poco da scegliere, la carne non si trovava mai, a volte mancavano anche il coniglio e il pollo. Ma il mangiare aveva poca importanza, il divertimento era stare fra la gente. Anna faceva sempre il confronto con le altre coppie: nessuna era paragonabile a loro: « È impossibile che stiano bene insieme come ci stiamo noi ».

« Coma fai a saperlo? »

« Non lo vedi che stanno zitti? Segno che non sanno cosa dirsi. »

« A volte si sta zitti anche noi. »

« Ma ci parliamo lo stesso con gli occhi. Tu li hai così belli... Anche se non dici nulla, ti si legge negli occhi quello che hai nel cuore. »

« Sentiamo: cos'è che provo in questo momento? »

« Ti pare impossibile quello che è successo. Non puoi ancora credere che sia proprio io, Anna, la signorina Anna, la sorella di Giorgio... »

« Come hai fatto a capirlo? » domandò lui, sorpreso.

« Perché non mi vuoi credere quando ti dico che ti leggo tutto negli occhi? Se mi volessi nascondere una cosa, non ci riusciresti. A meno che ti mettessi gli occhiali scuri », e scoppiò a ridere.

Lei ce li aveva un paio d'occhiali scuri per l'estate. Aveva già cominciato a portarseli dietro. Ogni tanto li tirava fuori dalla borsetta e se li infilava: per tornare a toglierseli cinque minuti dopo.

Così come cambiava di continuo pettinatura: si annodava i capelli, tornava a scioglierli. Lo faceva anche senza guardarsi nello specchietto. A volte glielo dava da reggere: Ferruccio se ne vergognava un po', lei se n'era accorta e glielo dava da reggere apposta.

Si divertiva anche a essere impertinente: lo chiamava professore e gli dava del lei. « Lei professore che è tanto intelligente non riesce a capire come mai la favolosa Anna si sia innamorata di un ragazzino... »

« La favolosa Anna » era una sua espressione. Con la quale si autocommiserava: « Tu hai sempre in mente la favolosa Anna che è stata il tuo primo amore. Non ti rendi conto che ormai ho ventisette anni, che sono vicina a sfiorire... ».

« Sei cambiata pochissimo, invece. » Era vero, Anna a sedici anni ne dimostrava già venti, mentre ora non le se ne davano più di ventidue-ventitré.

Lui poi aveva « un'aria da ragazzino »: « Come riesci a farti rispettare dagli scolari? A proposito, non m'hai detto se è una classe mista... ».

« Sì, è una classe mista. »

Anna lo guardò diffidente:

« E come sono le scolare? Tu sei proprio il tipo del professore di cui s'innamorano tutte le scolare ».

« Se hai appena detto che ho un'aria da ragazzino. »

« E che vuol dire? A Padova io m'ero innamorata di un professore che aveva l'aria di uno studentello. »

« Io credo che quella di una scolara sia una semplice infatuazione. L'amore è un'altra cosa. »

« Sentiamo: quante scolare sono infatuate di te? Guardatelo come sorride compiaciuto. Mi fai rabbia. Io, se fossi una tua scolara, non ti guarderei nemmeno. M'innamorerei piuttosto dell'insegnante di religione. »

« Scusami se ti ho fatto arrabbiare. »

« Scusami tu. I miei sono sfoghi di gelosia senile. Pensa: una donna già in là con gli anni che s'innamora di uno più giovane di lei... È una situazione classica da romanzo... Ma da romanzo che va a finir male... »

« Mica vero. Nei romanzi francesi le donne sono quasi sempre più anziane dei loro innamorati. Mica di un anno o due: di una diecina almeno... »

« Non mi stancherei mai di sentirti parlare » gli disse dopo un po' Anna. « Oh, scusami se ti ho interrotto. Tesoro », gli prese la mano e gliela baciò. « Quante cose sai. Come sei intelligente. Pensare che io sono tanto ignorante e stupida... ignorante, stupida, vecchia: che cosa te ne fai di me? »

Nel tirar fuori i soldi per pagare il conto, gli era caduta una moneta da cinque lire. « Lascia, la raccatto io » disse Anna.

Le faceva piacere rendergli questi piccoli servigi. Un pomeriggio a Villa Borghese gli s'era sciolta una stringa: aveva voluto riallacciargliela lei. S'era messa in ginocchio per farlo.

« Perché ti calunni? Non hai studiato, ma hai letto molto... Quanto all'intelligenza, non ho mai conosciuto una ragazza intelligente come te... »

« Davvero? Non lo dici per consolarmi? Si vede che qualcosa sei riuscito a tirar fuori anche da me... Ah: mi sento rinascere... Che vita era la mia, prima? Certo, è stato un sollievo quando Carlo è partito; finalmente non l'avevo più tra i piedi; ero sola, libera: ma che me ne facevo della libertà? Un giorno andavo da mia madre, un altro da mia cognata... Ecco tutto quello che ero libera di fare. Oh Ferruccio, lo capisci che per me sei tutto? Che mi hai aperto un mondo, il mondo nel quale avrei sempre voluto vivere, ma che non sapevo dove fosse, non credevo nemmeno che ci fosse... Sul serio, quando leggevo in un libro delle anime gemelle, mi dicevo che sarebbe stato bello, ma che non poteva essere vero... Invece è vero, la nostra è proprio la comunione delle anime, anche se la frase ci fa un po' ridere... Tu, scommetto, non l'useresti mai scrivendo... »

« No » rispose Ferruccio. A volte gli slanci di Anna gli parevano esagerati. C'era in lei qualcosa di eccessivo, di smodato; una mancanza di gusto, anche nel vestire. Perché quei colori accesi, rosso, verde, giallo? Perché tirava fuori le anime gemelle e la comunione delle anime? Non era più semplice dire che si amavano?

Siccome la desiderava, era sicuro di amarla. « Lo sai che da ragazzo non ti avrei sfiorato nemmeno con un dito? Non solo me ne sarebbe mancato il coraggio, non lo desideravo nemmeno... »

« Vuol dire che mi amavi davvero. Mica come ora che cerchi sempre di mettermi le mani addosso... Vedi che non sai cosa rispondermi? Vuol dire che ancora una volta ho colto nel segno. »

« Che c'entra: da grandi non è più come da ragazzi. Da grandi l'amore è anche desiderio... »

« Di' pure che è solo desiderio. Tu nei miei confronti provi quello che prova qualsiasi giovanotto che incontro per strada. »

« Cioè? »

« Cioè un desiderio momentaneo, fugace di fare certe cose con me. S'intende che mezzo minuto dopo lo trasferisce su un'altra ragazza. Un giovanotto è così, desidera tutte le belle ragazze che incrocia... »

« Il mio desiderio non è momentaneo né fugace né trasferibile » scherzò Ferruccio. « Guarda quella: non è una bella ragazza? Ma non me ne importerebbe nulla di andarci a letto... Io voglio venire a letto con te, l'hai capito o no? »

« Che bell'espressione. Proprio da innamorato... »

« Si capisce che sono innamorato. Non mi fa piacere parlare con te? Non ti sto ad ascoltare volentieri? Non mi piace guardarti? Non mi piace che tu mi guardi? Non è amore, questo? A volte stiamo un quarto d'ora a guardarci... »

« Un quarto d'ora preciso? Hai controllato l'ora prima e dopo? Pare impossibile, ma anche tu, come tutti gli uomini, hai l'orologio in testa. Io per mia fortuna non so mai che ore sono... Aspetta, non ho finito. Non fate il conto solo del tempo, di tutte le cose. Siete tutti quanti dei ragionieri. Il ragionier Fila. Il ragionier Ferruccio Fila. Senti? Suona anche bene. »

« Hai finito di dire stupidaggini? »

« Ti pare un linguaggio da usare con una signora? Pensa se ti avesse sentito il cameriere... »

« Sul serio, che cosa penseranno di noi? »

« Chi? »

« I camerieri. È già la quarta volta che veniamo in questo ristorante... »

« Lo vedi che ho ragione io a dire che fai i conti di tutto? »

« Perché, tu non ricordavi d'esserci già stata? »

« Me ne ricordavo sì, ma non sapevo che fosse la quarta volta. »

« Tu ti compiaci di fare la svagata. Ti sembra... che riveli un animo poetico. »

« Ora dici delle cattiverie. »

« Sono sicuro che te ne ricordavi anche te che c'eravamo già stati tre volte. È il ristorante dove siamo stati più spesso... Ho lasciato a te la scelta, e tu hai detto: Andiamo nel nostro. Il nostro, perché veniamo quasi sempre qui. »

« Vedi, me lo hai fatto venire in antipatia. Non ci voglio tornare più. »

« Perché? »

« Perché ci abbiamo litigato. È il nostro primo litigio.

Pensa: non è nemmeno un mese e abbiamo già litigato... »

« Vedi che lo sai che è quasi un mese. »

« Che c'entra: perché mi ricordo del 16 maggio. Quella è una data che non dimenticherò mai. »

Gli toccava riaccompagnarla e poi tornare in centro. Il più delle volte il ritorno doveva farlo a piedi, perché i tram avevano smesso di passare.

Anna non era mai puntuale. Ferruccio s'era lamentato d'averla dovuta aspettare un'ora al sole; e lei: « Perché non sei salito? Anche se non ero pronta, te ne saresti stato comodo sul divano... »

Il giorno dopo Ferruccio vinse il disagio di dover passare davanti al portiere. Non ebbe però il coraggio di farsi aprire l'ascensore.

Anna era in vestaglia:

« Ah, sei tu? Non avevo sentito l'ascensore... Credevo fosse la donna dei vicini che mi veniva a chiedere la chiave della terrazza. Mettiti sul divano, faccio in un minuto.»

Una volta vestita, venne a sedersi accanto a lui. Pareva spossata, come se avesse fatto chissà che fatica. « Ora ci fumiamo una sigaretta e andiamo. È molto caldo? »

« Eh » rispose lui.

« Allora sarà meglio aspettare. Levati la giacca, non fare complimenti. »

Lì in casa, non si lasciava nemmeno abbracciare. Però gli prendeva sempre la mano:

« È quasi più piccola della mia. Io me ne vergogno delle mie mani, così lunghe, ossute... Meno male che non ho fatto la dattilografa, sennò chissà come mi sarebbero diventate. Dice che si deformano a battere a macchina... ».

« A me non si sono deformate. »

« Tu batti con due diti... Le dattilografe battono con

tutt'e dieci. Anche il polso, guarda come l'ho grosso. Mentre tu l'hai sottile... »

« È sempre stata la mia croce, avere i polsi sottili. »

« Perché? Sapessi come mi fanno tenerezza... A me gli uomini di corporatura robusta non sono mai piaciuti. » Si corresse: « C'era un giovanotto grande a grosso che mi piaceva... Ma mica per quello. Era mio compagno alla scuola di stenografia. Compagno di banco » aggiunse sorridendo. « Era il solo uomo, ti pare che non me lo fossi accaparrato? No, sul serio, mi faceva compassione perché era timido e doveva sentirsi imbarazzato fra tante ragazze... Mi sembrò addirittura d'essermene un po' innamorata... »

« Ancora mi devi raccontare dei tuoi amori. »

« Ho poco da raccontarti. Dovrò inventare un paio d'innamorati per farti diventare geloso. »

« Una bella ragazza come te, chissà quanti ne avrà avuti. »

« Non mi va che tu pensi a me come a una bella ragazza. Lo so che la maggior parte dei giovanotti guarda solo a quello... Ma da te mi aspetto una considerazione diversa. »

« Allora ti dirò che sei brutta. »

Anna gli diede una botta sulla mano:

« Voglio che tu mi dica che non sono stupida... Che non sono una di quelle che pensano solo ai vestiti ».

« Va là che anche te ci tieni a essere elegante. Ogni giorno ti metti un vestito nuovo. »

« Perché non ci fai caso. Questo sarà la decima volta che me lo metto. »

« Io, non te l'avevo mai visto. »

« Tu, nemmeno mi guardi. »

« Io guardo te, mica il vestito. Guarderei volentieri quello che c'è sotto il vestito... »

Anna gli diede una botta più forte:

« Tu eri un ragazzino educato, mi piacevi per questo,

da dove è venuta fuori tutta questa sfacciataggine? ».

A una sigaretta ne seguiva una seconda e una terza. « Fumi troppo » le diceva Ferruccio.

« Senti chi parla. »

« Fumi più di me: quanto ci si scommette? »

« Non ti metterai anche tu a farmi la predica. »

« Chi te la fa la predica? »

« Me la fa mia madre. Me la faceva mio marito... Lui la predica me la faceva si può dire per tutto. Non gli andava mai bene niente. »

Gli dava fastidio sentirle rammentare il marito (anche se ne parlava male). Sviò il discorso:

« Fumavi già quando ci si conobbe al campo? ».

« Cosa vuoi che mi ricordi... Mi pare di no, che ho cominciato dopo. Le prime sigarette le ho fumate in montagna. Me le offrivano alle feste da ballo... »

« Tingere, ti tingevi già. Me ne ricordo perché fu una sorpresa per me vederti senza trucco. Una volta che ero venuto a trovare Giorgio... e che tu, appunto, eri vestita da casa... Hai qualche fotografia di quel tempo? »

« Ma chissà dove sono andate a finire. Le ho lasciate da mamma. »

« Devi andarle a prendere, le voglio vedere. Devi farmi vedere tutte le fotografie che hai. Io ho la passione, delle fotografie. »

« Hai la passione di farle? »

Ferruccio scosse la testa:

« Ho la passione delle vecchie fotografie ».

Anna si stizzì:

« Io non ti faccio vedere proprio un bel niente ».

« Perché? »

« Perché ti devo piacere come sono adesso. » E, con voce addolcita ma accorata: « Non voglio che tu veda la differenza tra com'ero da giovane e come sono adesso... ».

La scenata tra lei e il fratello s'era svolta una domenica pomeriggio. Fu poco prima della caduta del fascismo. Ferruccio era andato a trovare i suoi: era partito col primo treno e sperava di tornare per cena.

Anna s'era buttata sul letto, ma non riusciva a prender sonno per il caldo. Quando aveva sentito il campanello. Era andata di corsa ad aprire, felice che Ferruccio fosse già di ritorno, e s'era trovata davanti Giorgio.

« Hai preso l'abitudine di aprire in sottoveste? »

« M'ero buttata sul letto » rispose lei per giustificarsi.

« Potevi metterti qualcosa addosso prima di venire ad aprire. »

Mortificata, era andata a infilarsi il vestito. Tornando in salotto, l'aveva trovato che camminava avanti e indietro.

« Non mi dai nemmeno un bacio? »

« Piantala con le stupidaggini. » L'aveva guardata male: « Stai a fare queste storie con tutto quello che combini ».

« Spiegati meglio. » S'era irrigidita.

« Lo sai da te quello che intendo dire. »

« E io voglio che tu me lo dica. »

« Ti sei messa con uno che è anche più giovane di te. » Parlava senza guardarla. « Col marito prigioniero, non ti sei vergognata a farti l'amante... »

« Continua. »

« Sei il disonore della nostra famiglia. »

« Oh, per quello c'è chi m'ha preceduta. Non ti ricordi di nostro padre? »

« Un uomo è più giustificato... Una donna non ha scuse. »

« Avanti: vuota il sacco; di' tutto quello che devi dire. »

« Che altro ti dovrei dire? »

« Che sono una puttana: non è forse quello che pensi? »

« Io quelle parole lì non le dico » fece Giorgio torvo.

« Lo so che sei puritano nel parlare... Ti ho scandalizzato sempre, per le parole che dicevo. Purtroppo dalle parole sono passata ai fatti. È vero, ho un amante... un uomo con cui intendo andare a vivere... Perché di mio marito non ne voglio più sapere. Sono stata chiara? »

« Anna, tu sei matta, non c'è altra spiegazione per come ti comporti. Almeno, avessi usato un po' di prudenza... Invece no, lo fai venire a casa tua (che poi non è nemmeno casa tua, è di tuo marito), ve ne andate fuori a braccetto come due innamorati... »

« Per quello ci sono andata anche insieme al cinema, al caffè, al ristorante... Non te l'ha detto chi t'ha fatta la spia? »

« Anna, disgraziata, matta... Se hai un briciolo di cervello, ascolta i consigli di chi ti vuol bene... »

Era rimasta anche lei in piedi. Incrociò le braccia: « Sentiamoli, questi consigli ».

« Partire. Partire subito. Te ne vai a Padova, dallo zio Mario... »

« Sì, con tutti questi bombardamenti è proprio il caso di fare un viaggio. »

« Ma non capisci che rimanere a Roma per te è un pericolo? »

« Non vedo dove sia il pericolo. Mio marito è prigioniero... »

« Ma tuo cognato? Se ti fa una scenata per strada? Se ti viene qui in casa? »

« Non vedo cosa c'entri mio cognato. »

« Come, uno non si deve prendere cura del buon nome del fratello? Non deve importargli se la moglie lo disonora con la sua condotta? »

« Il buon nome, il disonore... Se credi di impressionarmi con questi paroloni... »

« Stammi a sentire bene: tu farai quello che ti dico... »

« Non alzare la voce perché non lo sopporto. O ti comporti da persona educata, o te ne vai. »

« Mi vorresti scacciare? Ma io sono tuo fratello, hai il dovere di obbedirmi... »

« Smettila di gridare » gli disse tra i denti. « Tu, un miserabile impiegatuccio... un ragionierucolo... hai il coraggio di venir qui a farmi questa scena... Tu che vivi in quelle due stanzette... che hai sposato quella donnetta... » Fu quasi contenta quando si sentì arrivare uno schiaffo.

Continuò a offenderlo; e s'ebbe degli altri schiaffi. « Vattene via, non ti voglio più vedere » riuscì a dirgli alla fine.

« Me ne vado, me ne vado... e stai sicura che non torno più. Puoi andartene in malora, io me ne lavo le mani, non me ne importa un fico secco di te. »

Anna restò in quella posizione anche dopo che ebbe sentito sbattere la porta. Alla fine si scosse: si levò il vestito (era tutta sudata) e si buttò sul letto a piangere. Quando si fu calmata, andò a guardarsi allo specchio. Aveva gli occhi rossi, le sembrò anche di avere uno zigomo gonfio. « Non voglio che Ferruccio mi veda in questo stato. »

Pensò bene di fare un bagno. Dopo tornò a stendersi sul letto, e finì con l'addormentarsi.

Si svegliò che cominciava a imbrunire. Accese la luce sul comodino. « Santo Dio, può venire da un momento all'altro e non sono ancora vestita. » Scelse un vestito verde, con un gran fiocco dietro. Quando fu pronta andò in salotto, accese una luce bassa, spense quella nel mezzo. Si mise seduta sul divano. Accavallò le gambe. La vista del pacchetto le ricordò che non aveva fumato una sigaretta in tutto il pomeriggio. Lei era così, ne fumava tre o quattro di fila, ma stava anche mezza giornata senza fumare.

Quando tornò a guardare l'orologio, erano le dieci.

« Ormai non verrà più. » In quel momento squillò il telefono.

Chiamava dalla stazione: il treno aveva avuto tre ore di ritardo perché c'era stato un bombardamento sulla linea. « Spero che tu abbia cenato. »

« No » rispose lei. « Mica per aspettar te, lo prevedevo che non saresti rientrato in tempo... È che è successa una cosa terribile... »

« Che? » fece lui spaventato.

« È venuto mio fratello... C'è stata una scenata... Sono ancora tutta sconvolta... »

« Ha saputo di noi? »

« Sì. Oh Ferruccio, sapessi quello che mi ha detto... », e cominciò a singhiozzare.

« Ascoltami, vengo subito da te. Prendo un taxi e vengo. »

« No, non ci devi più venire. Anch'io voglio lasciare questa casa. Domani stesso farò recapitare le chiavi a mio cognato... »

« Sì, ma ora calmati. Ci si vede domani e si parla di tutto. Mi fa male saperti in questo stato. »

« Oh Ferruccio, non puoi nemmeno immaginare il dolore che ho provato quando Giorgio mi ha detto in quel modo... Ma io poi, perché gli ho voluto rispondere... È la cosa che mi fa più male, d'averlo offeso... Oh, se le potessi cancellare, quelle parole... »

« Ma che cosa gli hai detto di tanto grave che non si possa rimediare? »

« Ora non sono in condizioni di raccontarti nulla. Pensa, se ne è andato dicendo che non mi considerava più sua sorella... »

« Sono le cose che si dicono nei momenti d'ira. »

Anna non lo stava a sentire:

« Oh Ferruccio tu non lo puoi sapere cos'era Giorgio per me... ».

« Ora sei sempre sotto *choc*. Domani vedrai le cose con più calma... »

« Oh Ferruccio, sapessi come sono infelice... Non ne posso più di andare avanti in questo modo... Vorrei sparire, che non mi vedesse più nessuno... »

Ferruccio cominciava a spazientirsi, anche perché Anna parlava tra i singhiozzi e si capivano male le parole. La comunicazione s'interruppe mentre stava per darle dell'isterica.

Anna non sparì, si limitò ad andare a Padova e in montagna con lo zio. Ferruccio era in villeggiatura dai suoi.

Si ritrovarono a Roma alla fine di agosto. Si misero in cerca di un appartamento. Ma era impossibile trovarne.

Ripiegarono sulle camere ammobiliate. Ne avevano già viste tre o quattro, erano rimasti in parola per una, quando ci fu l'armistizio.

Appena si ricostituì il partito fascista, cominciarono a circolare voci di arresti e deportazioni: per qualche giorno Ferruccio si nascose da Anna. Ormai le ragioni di prudenza prevalevano su tutte le altre.

Non parlarono più di lasciare l'appartamento, sarebbe stato un rifugio in caso di pericolo. Per lui e per qualche compagno che fosse ricercato. A partire da novembre, quando cominciarono davvero gli arresti, Anna nascose parecchie persone. Le faceva dormire in camera sua: lei si contentava del divano o dello sgabuzzino della donna.

Uscito di prigione, Ferruccio si stabilì definitivamente da Anna. Coi compagni non facevano mistero dei loro rapporti.

Ci rimase anche dopo la Liberazione. L'indifferenza in cui era caduto aveva attutito il suo senso morale. E poi Anna aveva paura dei ladri: s'erano introdotti anche nell'appartamento accanto.

Non si azzardava nemmeno a uscire sola, per paura

d'essere molestata da qualche soldato ubriaco. Ferruccio acconsentiva ad accompagnarla. Anna andava dal fratello, dove s'era trasferita anche la madre; lui l'aspettava fuori. Lei si raccomandava: « Mettiti seduto al caffè ». Ferruccio l'aspettava appoggiato alla cantonata. Ritrovandolo lì, Anna era assalita dal rimorso: « Quest'altra volta ci vengo sola. Mi dispiace troppo farti aspettare per strada ». « Tanto non me ne importa. Star qui o in un altro posto è lo stesso. » « Potevi almeno sederti. Hai sempre detto che ti stanchi a stare in piedi fermo. » « Meglio, se mi stanco. Ormai non sento che gli stimoli fisici: la stanchezza, la sete... »

Anna si preoccupava di vederlo in quello stato. Pensava che risentisse della tensione del periodo clandestino e in modo particolare dei mesi passati in carcere. E poi, era in condizioni da far pietà. Magro, era sempre stato magro, ma ora era proprio pelle e ossa. Purtroppo con le razioni che davano e i prezzi della borsa nera, c'era poco da ingrassare.

Ferruccio non aveva nemmeno più voglia di fare all'amore. Anna finì con l'accorgersene:

« Ti sei stancato di me? »

« Non dire stupidaggini. »

« Prima trovavi la scusa che c'era gente in casa. Ora ti lamenti che è caldo... »

« È vero, sono scuse. »

« Allora che cosa c'è. »

« C'è che... vedo tutto nero; mi sembra che non abbia più senso niente. Non andrò più in sezione. Sono stufo di vedere sempre le solite facce... »

« Rimettiti a scrivere. »

« Non ha più senso nemmeno quello. »

« Se te ne vuoi andare in campagna, non fare complimenti per me. In qualche modo mi arrangio anche da sola. »

« Non ho voglia di andare dai miei... Mi rattrista rivedere mio padre. Ormai è un vecchio... »

« Peccato, in campagna ti rimetteresti... Mangeresti di più, avresti l'aria buona... »

« Oh, smettila di far la sorella maggiore. » L'abbracciò, ma senza desiderio. Anna l'avvertì e lo respinse.

Lui s'irritò, benché capisse che aveva ragione lei. Le disse: « Cosa pretendi? Che ci metta il calore delle prime volte? ».

« Preferisco smettere se dev'essere una cosa fatta per abitudine. »

« Ma diventa tutto un'abitudine. Non s'è già fatta l'abitudine agl'inglesi e agli americani? Non s'è già fatta l'abitudine alla democrazia? »

« Non scantonare: è del nostro amore che si stava parlando. »

« Appunto, anche nell'amore, mica si può conservare l'emozione dei primi incontri... dei primi baci, del primo contatto fisico... »

« Mi fai rabbia quando parli così. Il contatto fisico... che bella maniera di esprimersi. »

« Avresti preferito che avessi detto: la prima volta che siamo andati a letto insieme? Ma lasciamo perdere come mi sono espresso. Certo, non ho durato fatica a cercare le parole... Non ho voglia nemmeno di parlare. »

« Pensare che prima, stavi ore e ore a parlarmi... E io ad ascoltarti a bocca spalancata... » Sorrise amaramente: « Avessi saputo che andava a finire così... ».

Lui non si diede la pena di protestare.

« Ma è stato tutto un inganno, fin dal principio. Con la storia che t'eri innamorato di me da ragazzo... hai voluto farmi credere che eri tornato a provare quel sentimento appena m'hai rivista. E io, stupida, ci sono cascata... »

« Se non sentivo nulla per te, perché mi ci sarei messo? »

« Perché avevo il marito in guerra, vivevo sola in un

appartamento... Dove l'avresti trovata un'occasione più favorevole per un'avventura? »

« È un'avventura che dura ormai da più di un anno. »

« Perché ci si sono mescolate queste altre cose, la politica, la vita clandestina... »

Avevano litigato e discusso fino all'una di notte, Anna aveva anche pianto due o tre volte; s'erano abbracciati e s'erano amati con trasporto.

Dopo erano rimasti l'uno accanto all'altra, tenendosi per mano. Anna s'era addormentata. Anche lui doveva essersi assopito, ma s'era risvegliato in un bagno di sudore. Eppure non aveva niente addosso. Provò a ritirare la mano: se la sentì stringere. Sempre dormendo, Anna si voltò verso di lui. Non voleva svegliarla, ma era troppo forte il bisogno di rinfrescarsi: con uno strattone liberò la mano. Anna tornò a fare uno dei suoi movimenti bruschi e si rimise supina. Fortunatamente non s'era svegliata.

Dopo che si fu rinfrescato, pensò bene di fumare una sigaretta. Andò in salotto e accese la luce bassa. Lo infastidiva essere nudo, cercava di non guardarsi.

Gli tornò in mente una cosa che gli aveva detto Anna: l'estate il marito aveva l'abitudine di girare nudo per casa. Non il giorno, la sera, dopo che era andata a letto la donna di servizio. « È vero che si doveva tenere spento; o al più tenevo accesa la *veilleuse* per leggere... ma ti sembrava uno spettacolo da infliggere a una giovane sposa? Voi uomini non avete riguardi. Credete che una donna non abbia più pudore, dopo che... »

Cercò di ricordare le parole precise di Anna. Dovendo affrontare un argomento scabroso, Anna aveva la specialità di trovare l'espressione che non urtasse. La trovava lì per lì. Era straordinariamente pronta nel trovare le parole.

« Credete che una donna non abbia più diritto al pudore, quando è sposata. » Così si era espressa Anna. Aveva aggiunto: « È vero che il comportamento della maggior parte delle donne vi autorizza a crederlo... ».

Anna gli aveva parlato spesso degli aspetti sgradevoli della convivenza. Secondo lei, ci sarebbe voluto poco a eliminarli. Sarebbe bastata un po' di buona volontà da entrambe le parti. Perché ci si doveva spogliare e vestire l'uno davanti all'altra? Costava tanta fatica farlo in bagno? Su questo punto era riuscita a imporsi; mentre non l'aveva spuntata sull'altro, e il marito, l'estate, aveva continuato a girare per casa in mutande...

Non nudo: in mutande. Ora ricordava con esattezza. Ma la cosa gli sembrò anche più grave. Gli pareva di averlo davanti agli occhi, alto, magro, con la pelle bianca su cui risaltava il nero dei peli... Era peloso sia sul petto che sul dorso, l'aveva visto nelle fotografie che s'erano fatti in costume da bagno. Le aveva guardate di nascosto a Anna.

Era un'immagine che non poteva sopportare. Si alzò, accese un'altra sigaretta. « Dio mio » pensò. « Anna è stata sposata... È vissuta un anno e mezzo col marito... Ha conosciuto ogni genere di intimità con lui... »

In tutto quel tempo s'era sforzato di non pensarci: anche gli accenni diretti o indiretti di Anna erano rimbalzati su quello schermo senza attraversarlo. Ma non ne aveva dimenticato nemmeno uno. Tutti i discorsi che Anna gli aveva fatto sul suo matrimonio o sul matrimonio in generale, erano rimasti ben custoditi nella sua memoria.

Aveva voluto chiudere gli occhi davanti alla realtà, ma era stato uno sforzo vano. Ferruccio sentiva come un vuoto allo stomaco. E quella pena era niente in confronto a quanto avrebbe dovuto soffrire.

La mattina stentò a raccapezzarsi. Anna gli stava davanti sorridendo, con la tazzina del caffè in mano. « Buongiorno amore » gli disse. « Che novità è questa, che sia io ad augurarti il buongiorno e a portarti il caffè a letto? »

« Che ore sono? »

« Le undici. »

« Non si direbbe... è quasi buio. »

« Sta piovendo. Fortunatamente. Speriamo che raffreschi. »

« Ah, sì, tuonava quando sono venuto a letto. »

« Perché, t'eri alzato? »

« Sì, sono stato parecchie ore sveglio... Sono venuto a dormire che era giorno fatto. »

« Mica t'erano ripresi quei brutti pensieri? »

« No... ma me n'erano venuti degli altri. Senti, bisogna andare via da questa casa. Io... la odio. »

« Perché? » fece lei sorpresa.

« Perché ci sei vissuta con tuo marito. »

« Ma non lo amavo! Non ero felice con lui... »

« Non si è gelosi dei sentimenti. La gelosia è puramente fisica. Lo so che è una parola che ti dà ai nervi... La dico apposta. Che tu lo amassi o non lo amassi, ci dovevi andare a letto insieme... Su, mettiti qui. Devi dirmi tutto. »

« Ma se t'ho già raccontato ogni cosa... Devo ricominciare daccapo? »

« M'hai raccontato delle discussioni, dei litigi, della differenza di mentalità... Ma io voglio sapere dei vostri rapporti coniugali. »

« Se non mi guardi con amore, non ti racconto niente. »

« Ti sto guardando con amore. »

« Non è vero... Ci vedo l'odio, nei tuoi occhi. »

« Finiscila con queste storie. Mettiti qui e racconta. »

« Ma cosa vuoi che ti racconti? Non ho mica più ricordi... Erano talmente sgradevoli, che li ho cancellati dalla memoria. »

« Bugiarda. È stato il primo uomo della tua vita e vorresti darmi a intendere che non te ne ricordi... Ecco, cominciamo con ordine. Cominciamo dalla prima notte. »

In settembre, erano andati a stare in quella camera ammobiliata. Anna aveva lasciato malvolentieri l'appartamento.

Del resto, ci tornava ogni giorno, da sola o in compagnia di Ferruccio. Doveva prendere la propria roba. Quella vecchia, la regalava via via alla moglie del portiere. C'erano poi le sue carte, cartucce e cartuccelle, come le chiamava lei: lettere, cartoline, fotografie, quaderni di scuola: perché aveva conservato tutto, anche se non s'era mai curata di mettere in ordine. Accoccolata o seduta alla turca, vuotava una scatola e s'immergeva nello spoglio di quei fogli ingialliti. Ogni tanto gli passava qualcosa: « Guarda, questa è una cartolina dall'Africa. Di uno che s'era innamorato di me in montagna. Questa è una cartolina mia da Parigi. Di quando ci andai con lo zio Mario ».

« Almeno le cartoline le butterai via. »

« Le cartoline, sono i ricordi a cui tengo di più. »

« Ma in una camera non c'è posto! Non è mica come in un appartamento... »

« Non ti preoccupare, il posto lo trovo. Sapessi quanto posto c'è, in una camera... Siete voi uomini che non lo sapete utilizzare. »

« Sentiamo: perché? »

« Perché siete disordinati. Quando uno tira fuori la roba e non la rimette dov'era, a poco a poco ingombra tutto... Non gli rimane nemmeno il posto per mettersi a sedere. »

« Che sono disordinato è vero. »

« Te lo potevi permettere finché eri scapolo, ora ci sono io a sgridarti. Ti è finita la libertà. Il disordine, è dovuto tutto alla pigrizia » sentenziò. « Per non perdere quel mezzo minuto, finisce che poi perdi mezz'ora a ricercare una cosa. »

« È vero anche questo. »

« Lascia che ci pensi io anche alla tua roba. Vedrai come te la sistemo bene. La camera è grande, ci faccio entrare tutto. Ci staremo meglio che qui. Ma, ti confesso, mi dispiace andar via. Ci sono vissuta... cinque anni. Un anno e mezzo con mio marito, due sola, e un anno e mezzo un po' sola e un po' con te. Io mi affeziono sempre ai posti dove sono vissuta. Anche se ci sono stata male. E tu? »

« Io ci credo poco alla nostalgia. Lo ritengo un sentimento falso. »

« Perché? »

« Perché è un sentimento facile. Basta aprire il rubinetto dei ricordi... Provare nostalgia è come mettersi a piangere. »

« Già, secondo te io piango troppo facilmente... Basta, non ho voglia di litigare. Rimettiamoci al lavoro. »

Dopo un po' lui disse:

« Io mi dovrei essere affezionato a questa casa, ci ho passato le ore più belle della mia vita... Eppure non vedo l'ora che tu consegni le chiavi... in modo da non doverci venir più ».

« Tu hai paura che io sia attaccata al passato... Ma a quel passato lì, stai sicuro che non ci sono attaccata per nulla. »

« Se tuo marito tornasse, non ti farebbe piacere rivederlo? »

« No davvero. Tu dici che sono romantica, che lavoro di fantasia, che sono portata a idealizzare le persone... Ma nel caso di mio marito, non è che la mia fantasia abbia lavorato per abbellirlo. Sono tre anni e mezzo che non lo vedo, ma me lo ricordo con tutti i suoi difetti come se fosse appena uscito di casa. »

« Vedere i difetti di una persona non impedisce di amarla. »

« Ma io lui non l'ho mai amato! Te lo vuoi mettere in testa o no? »

Le ultime cose furono portate via, e Anna consegnò le chiavi al portiere. Per mezzo del fratello avvertì il cognato che poteva passare a ritirarle. Ferruccio tirò un sospiro di sollievo. Ora gli pareva di aver tirato Anna fuori del suo ambiente; e che non potesse più far macchina indietro. Era contento anche che fosse in cattivi rapporti con i suoi. « Non ha che me, ora. »

Per il momento lui poteva offrirle poco, una camera ammobiliata invece di un appartamento, un'occupazione saltuaria invece di un lavoro fisso. Già da settembre lavorava in un giornale. Anna malediva la propria incostanza, che le aveva impedito d'imparare la stenografia: ora lo avrebbe potuto trovare anche lei un lavoro.

« Tu scommetto sei contento che io non possa essere indipendente. »

« Sentiamo: perché dovrei essere contento? »

« Perché hai piacere che dipenda da te. Che ti debba chiedere anche i soldi delle sigarette. Mi hai fatto rinunciare all'assegno quando ne avevo sempre diritto. Legalmente sono ancora sposata... »

« A volte sei di un'immoralità che fa paura. »

« E tu sei di un'incoerenza spaventosa: se per te era immorale, mi ci dovevi far rinunciar subito. »

« In periodo clandestino era un'altra cosa. Quei soldi ci erano necessari perché avevo dovuto lasciare la scuola... Così come ci serviva l'appartamento. »

« No, guarda, l'attività clandestina non era il vero motivo. È che prima non eri venuto fuori con questa assurda gelosia... »

« Perché assurda? »

« La gelosia retrospettiva è sempre assurda. »

« Parli di un sentimento che non conosci. »

« Ma scusa, la paura retrospettiva è assurda o no? Io quando eri in carcere ero consapevole del pericolo che correvi... ma appena sei uscito non ho avuto più paura... Metti invece che fossi stata tanto stupida da non aver avuto paura allora; e che la paura mi fosse venuta dopo, quando eri al sicuro: l'avresti giudicata assurda o no? »

« La gelosia è un sentimento diverso dalla paura. »

« Spiegami perché. »

« La gelosia è un sentimento irragionevole. La gelosia è ingiustificata... »

« Mica sempre. Se io ti tradissi, tu avresti il diritto di essere geloso... »

« Se tu mi tradissi, io proverei dolore, disperazione, ma non sarei geloso. Sarei disperato che avessi smesso di amarmi... »

« Potrei tradirti anche continuando ad amarti. »

« Impossibile. L'amore è un sentimento esclusivo. »

« Ci sono esempi, anche tra i nostri amici, che stanno a dimostrare il contrario. »

« Gli amori dei nostri amici, te li raccomando. »

« Lo sai che la tua è la moralità del borghese? »

« È un'espressione senza senso. La moralità privata ha poco a che fare con la politica. Così come hanno poco a che fare con la politica tante altre cose, la letteratura, l'arte, la religione... È questa convinzione di fondo che mi ha impedito di diventare comunista. »

« Ma sei pur sempre socialista. »

« È stata solo una scelta politica... quella del comunismo sarebbe stata una scelta globale. Io avrei dovuto rinunciare a tutte le mie idee sull'arte, sulla letteratura, sulla vita, per abbracciare quelle del partito. Avrei dovuto rinunciare addirittura alla mia vita privata... Per un comunista non c'è più niente che gli appartenga. Deve rinunciare a tutto... È una scelta che rispetto: ma io, non avrei potuto farla. »

« Ora che il partito comunista è diventato un partito

di massa, mi pare che non richieda più un impegno così stretto. Per esempio, non è più un obbligo essere ateo. Maiorana, lo sai, è rimasto cattolico. »

« Oh, non m'interessa starne a parlare. M'interessi solo tu. Lo so che ti ho tormentato con la mia assurda, irragionevole gelosia... Ti tormenterò ancora. Ti tormenterò sempre... »

« Lo spero » disse Anna lasciandosi abbracciare.

Un pomeriggio ebbero un litigio. Lei aveva detto che voleva andare dal fratello, e lui: « Vacci più tardi. Alle cinque devo passare dal giornale, si può uscire insieme ».

« Non lo sai che i tram funzionano solo fino alle sei? »

« Ci puoi andare domani. » Ora, aveva voglia di fare all'amore; glielo disse.

« Lo facciamo stanotte, quando torni dal giornale. »

« Sì, la notte chi è buono a svegliarti. »

« Ti aspetto alzata. »

« Sì, così riempi la stanza di fumo. »

« Apro la finestra prima che tu venga... »

« Non voglio farti fare questo sacrificio. »

« Lo sai che non è un sacrificio per me restare alzata. »

« Io ne ho voglia ora, di fare all'amore. »

« Io no. E poi di pomeriggio non mi piace. »

« A casa tua ti piaceva. »

« Perché eravamo soli. Qui, può venire la padrona a dire che ti vogliono al telefono... »

« La padrona mica entra senza bussare. »

« Insomma non mi va che ci trovi a letto. Oh Ferruccio, perché hai voluto fare di testa tua. Io in quell'appartamento avevo il diritto di starci... Dal momento che pagavo l'affitto... Anzi, eri tu che lo pagavi... Dovevi considerarla casa tua. »

« Mobili compresi? »

« Be', avresti potuto dare un tanto a mio cognato per l'uso dei mobili... I tuoi, mi sembrano scrupoli esagerati. Non sono mica tempi ordinari. Lo vedi che pur di tirare avanti la gente non guarda tanto per il sottile. »

« Certo: le donne si prostituiscono e gli uomini fanno la borsa nera. Ma io, se permetti, ci tengo a rimanere una persona perbene. »

« In periodo clandestino, ragionavi diversamente. »

« In periodo clandestino, l'appartamento faceva comodo al partito; dopo, era una comodità solo per noi due. »

« E noi due, non contiamo più di tutto il resto? Oh, cerca di essere un po' egoista... Ma già, tu sei egoista solo nei miei confronti... »

« Che intendi dire? »

« Intendo dire che dietro la tua conclamata onestà si nascondeva uno scopo losco: quello di ridurmi nelle tue mani... » Mise il broncio: « Io sono la povera orfanella della favola, che viene divorata dal lupo... ».

« Vorrei proprio sapere dov'è che sei una povera orfanella. »

« Ma come? Mio padre, non ne so più niente; mia madre, sta con mio fratello... Se tu mi scacciassi, non avrei dove andare. Da mio fratello non c'è posto, non mi ci vorrebbe nemmeno... »

« Perché ti dovrei scacciare? »

« Non si sa mai. Io ho già una brutta esperienza in queste faccende... »

« Già, un matrimonio fallito » disse lui ironico.

« Proprio: un matrimonio fallito. Ammetterai che non mi senta più tanto sicura... »

« Era un matrimonio fallito in partenza. Se le cose stavano come me le hai raccontate, non so cosa ti sia preso di andarti a sposare con quello. Lo dovevi capire che sarebbe andata a finir male. »

« Chi dice il contrario? Ho fatto una stupidaggine, e ne ho subite le conseguenze... »

« Ne parli troppo volentieri. A volte ho l'impressione che te ne compiaccia. In fondo sei contenta di avere alle spalle un matrimonio fallito. Ti fa sentire una donna vissuta. »

« Questa, senti, è proprio una cattiveria... » Le erano già venute le lacrime agli occhi. « Lo sai che darei qualunque cosa pur di cancellare quel periodo della mia vita... »

« Non ne sono tanto sicuro. Smettila di frignare, che non serve a nulla. Fai piuttosto un esame di coscienza, e vedrai se in fondo non ci trovi quello che ti ho detto io, il compiacimento di essere passata per una vicenda del genere... Una sfortunata vicenda coniugale, non è così che si dice? In questo modo hai qualcosa da raccontare. Ti senti più donna. » S'infuriò: « Sei una stupida. Credi di essere una vittima, un'eroina... L'hai raccontato a tutti i nostri amici del tuo matrimonio sbagliato. E loro a compatirti, ad ammirarti... Ma io non ti compatisco né ti ammiro. Sei una commediante e basta. Ora reciti la parte dell'eroina da romanzo, ora quella della povera bambina smarrita nel bosco... Tutta la tua superiorità sulle altre, ecco in che consiste. Le altre sono meglio di te, almeno non fanno scene... ».

« Allora vattene... e trovatene un'altra » disse lei tra le lacrime. « Ce ne sono tante di ragazze... »

Anna aveva acconsentito a rimanere in casa, ma solo per parlare:

« Ora raccontami tutto quello che hai fatto in questi giorni. Lo sai che non siamo mai stati tanto tempo lontani? ».

« Per quello, nell'estate del '43, siamo stati lontani un mese. »

« Intendevo da quando viviamo insieme. » Per Anna la loro relazione era cominciata solo con la convivenza. Il fatto che prima di convivere si fosse data a lui non aveva importanza. Sosteneva che era successo solo una volta o due. In seguito avrebbe addirittura negato che fosse successo.

I primi tempi, è vero, veniva presa spesso dagli scrupoli. Ormai li aveva messi da parte, ma Ferruccio non era mai sicuro di trovarla ben disposta.

« Non voglio che per te diventi un'abitudine » gli diceva per giustificarsi di averlo respinto. Oppure: « È un premio, che ti devi saper meritare ».

« Con tuo marito scommetto che non facevi storie » brontolava Ferruccio.

« Le facevo, invece. Erano più le notti che andavo a dormire sul divano... »

« Fortuna che qui non ci sono divani. »

« Il fatto che si dorma insieme non vuol dire che si debba fare all'amore tutte le volte che ne hai voglia. Metti che ti volessi punire; che decidessi di mandarti in bianco per tre mesi: continuerei a dormire con te, ma si dormirebbe e basta. »

« Perché mai mi dovresti punire. »

« Non ho detto che ti voglio punire; ho detto: metti che ti volessi punire... »

« No, tu quando mi respingi è proprio una punizione che mi vuoi infliggere. »

« Per questo, è una punizione che infliggo anche a me » rispose lei con un sorriso.

« Certo, è anche un'autopunizione; ma è appunto quello che non capisco... Perché questa smania di punire me, di punirti per te... »

« Dell'autopunizione l'ho detto per scherzo. E tu, presuntuoso come sei, l'hai presa subito sul serio. Ma sì, presumi che sia un gran piacere per me fare all'amore con te... La verità è molto più semplice, che certi giorni non ne ho voglia. O che sono stanca, o che ho mal di testa, o che non sono nella disposizione d'animo adatta... »

« Lasciamo stare la punizione e l'autopunizione. Ma il mal di testa è una scusa. Quella del rifiuto è un'arma... l'adoprano tutte le donne. Quando vogliono ottenere qualcosa, proclamano lo sciopero coniugale... »

« Io non voglio ottenere nulla » disse Anna a bassa voce. « Io mi regolo secondo l'umore del momento. A volte sarò anche cattiva, egoista... ma non è che mi attenga a una linea di condotta, se è questo che intendi dire. »

« Invece è proprio così. Ti fai desiderare... perchè credi che questo sia il modo migliore di conservarti l'amore dell'uomo che ti sei scelto per compagno. È così » disse riscaldandosi, come gli succedeva sempre quando parlando sentiva di essere pervenuto alla verità. « Lesinando l'amore, credi di conservarlo... »

« Io l'amore di mio marito non ci tenevo affatto a conservarlo. Vedi bene che la tua diagnosi è sbagliata. »

« Tuo marito l'avrai respinto perché non l'amavi. Me mi ami, ma ti comporti nello stesso modo: ogni tanto mi respingi, per paura che smetta di desiderarti... Perché una donna esita tanto a darsi all'uomo di cui è innamorata? Perché ha paura di perderlo... Teme che quello, soddisfatto il desiderio, si stanchi di lei... La donna non crede nell'amore, questa è la verità. Pensa che l'uomo sia attratto solo dal desiderio fisico... Perciò si concede solo dopo che quello ha preso un impegno... Per esempio, dopo che l'ha sposata. Se mi vuoi, devi sposarmi, ecco quello che ti dice o ti fa capire ogni ragazza. »

« Vorrei sapere quale impegno ho preteso da te. Se stai con me, ci stai di tua volontà... non c'è niente che ti leghi. Se te ne volessi andare anche domani, non avrei modo di trattenerti. »

« Per questo hai più paura di perdermi. Fossi tuo marito, avresti la legge dalla tua parte... Siccome non ho contratto nessun obbligo legale, devi pensarci da te a tenermi legato. »

« Sei un farabutto a parlarmi così. Lo sai bene che ti

amo... e hai il coraggio di venire a dirmi che non credo nell'amore... »

« Non ci credi quanto me. Non ci credi abbastanza. Le donne ci credono molto meno degli uomini. Per voi l'amore non è una garanzia sufficiente. Pensate che l'amore fa presto a passare. E che quindi c'è bisogno di qualche altra cosa per tener legato un uomo. »

« Io non ti tengo legato: se te ne vuoi andare, puoi andartene anche subito. » Si buttò sul letto e si mise a singhiozzare.

« Anche questo delle lacrime, è un ricatto. Piangete troppo facilmente... »

« Vattene via... non ti voglio più vedere... »

Ferruccio si limitò a voltarle le spalle. Si mise in poltrona a leggere.

« Dunque, che hai fatto in questi nove giorni? »

Ferruccio cominciò col confessare che aveva saltato qualche pasto. Gli era ripresa quell'invincibile avversione per i ristoranti che aveva provato per un bel po' dopo il passaggio della guerra. Abbassare la maniglia della porta, rispondere al saluto della padrona, sedersi a un tavolo, fare l'ordinazione al cameriere, era superiore alle sue forze.

« M'ero raccomandata che andassi sempre da Romoletto. Lì per lo meno è un ambiente familiare, non ti dovrebbe fare impressione... »

« Il giorno ci sono sempre andato. Ma la sera, tra che potevo trovarci qualche collega, tra che a volte ero lontano... Ieri per esempio m'ero visto con Bassi... »

« Mario è a Roma? »

« Sì, da qualche giorno. Ci siamo visti due volte. »

« L'hai fatto venire qui? » disse Anna spaventata.

« No, ci siamo dati appuntamento fuori... Ieri, ci siamo visti a Villa Borghese. E di lì siamo tornati nel nostro vecchio quartiere... »

« Un tuffo nel passato » sorrise Anna. Aggiunse: « Vi dovevate rivedere anche oggi? ».

« Ci si doveva telefonare. Ma io non penso certo a lasciarti... »

« Si potrebbe cenare insieme. Ho così voglia di conoscerlo... »

« Anche lui ha voglia di conoscerti. Ma forse, non è ancora arrivato il momento... »

Anna si irrigidì:

« Cosa intendi dire? »

« Ho paura che vi urtereste a vicenda. Sotto certi aspetti, vi somigliate... Mario per esempio, quando prende fuoco per qualcosa, non vede altro. S'intende che gli passa presto. »

« Vuoi dire che come me è incostante? »

« Sì. Ma guai a contraddirlo quando s'è messo in testa una cosa. Bisogna che gli passi da sé. Io ormai ho imparato a conoscerlo, lo lascio sbollire... »

« In questo momento che cosa ha in testa? »

« Ha in testa che io vada a Milano. Sostiene che è indispensabile per la mia carriera giornalistica. »

« E tu cosa gli hai risposto? »

« Che non ho l'intenzione di fare il giornalista. Così come non ho l'intenzione di fare l'uomo politico » aggiunse sorridendo, perché era lei che lo spronava a darsi tutto alla politica. « Se mi riuscirà, farò lo scrittore: è la sola cosa che mi interessi. »

« E se non ti riuscisse? »

« Se non mi riuscisse, non ne farei una tragedia... Non mi riterrei un fallito per questo. Io non vedo perchè uno debba proporsi di riuscire in qualcosa... Basta vivere. Se la vita ti comunica un certo impulso, opererai in conseguenza, ma se non te lo comunica, che ragione c'è di farne un dramma? »

« Sì » rispose Anna, senza convinzione. Lei era ambiziosa, non per sé, ma per lui. Credeva che il compito della donna fosse appunto quello di spingere l'uomo sempre verso nuovi traguardi. L'uomo ha la tendenza ad adagiarsi: è la donna che glielo deve impedire.

« Mario ha insistito, ma io gli ho detto che non avrei potuto lavorare in un giornale che è lontano dalle mie idee politiche. »

« Hai fatto bene a dirglielo. Il settimanale su cui scrive, è proprio una vergogna. »

« Be', sì, non è che gli faccia onore scriverci. »

« So che lo criticano tutti. Si meravigliano che abbia fatto quella fine. »

« Sai, c'entra anche l'invidia... Si sentono dominati intellettualmente e si vendicano parlandone male. »

« Non credo sia il caso di Maiorana. E nemmeno degli altri. Oltre tutto, che ragione avrebbero, sono anni che Mario è andato via da Roma... »

« Nel '39-'40 ci si vedeva tutti i giorni... con Maiorana, con Di Biase, con Sotgiu... Fu proprio Mario a farmeli conoscere. Be', ne subivano tutti l'autorità... Sono cose che non si perdonano. »

« Allora nemmeno tu gliel'hai perdonata. »

« È un'insinuazione cattiva, ma che non mi tocca. Mario i varii Maiorana li disprezzava: non è che glielo facesse capire, glielo diceva chiaro. Di me, invece, ha sempre avuto stima... Con gli altri, sono state amicizie effimere, la nostra dura da dieci anni... »

« Però non perdi l'occasione di parlarne male. »

« Il fatto che siamo amici non m'impedisce di vederne i difetti... Così come il fatto che ti amo non m'impedisce di vedere i tuoi. »

« Sentiamoli. »

« Li sai anche da te. »

« Io non mi riconosco nessun difetto. »

« Uno è appunto la presunzione. Un altro la gelosia... »

« Per questo, anche tu sei geloso. »

« Si, ma in me si giustifica perché sono un uomo. E poi di chi sono geloso? Di tuo marito... Non mi hai sentito dire una parola a proposito di nessun altro. La tua invece è una gelosia immaginaria. T'ingelosisci di una donna che passa per la strada, se ti sembra che l'abbia guardata. Ma questo sarebbe ancora niente. Tu sei gelosa di Mario... »

« Non ne sono gelosa. Mi è antipatico. »

« Se non lo conosci nemmeno. »

« E nemmeno desidero conoscerlo. »

« Prima dicevi il contrario. »

« Prima era prima... Io dico quello che mi passa per la testa, non sto a guardare se prima avevo detto in un altro modo. Sono sincera, questo almeno lo vorrai ammettere. »

« Ti ho forse accusato d'essere insincera? Ti ho detto che sei presuntuosa; e gelosa in modo sbagliato. Ah: dimenticavo l'incostanza... »

« Mi sei antipatico anche tu in questo momento. Stai lì a pesare ogni parola che dico. Per potermela rinfacciare quando ti fa comodo. Sei noioso, ecco quello che sei. Non ne posso più di averti intorno, non hai detto che alle cinque dovevi essere al giornale? Manca un quarto, è tempo che tu vada. »

« Invece mi va di stare qui. »

« Basta che te ne stai per conto tuo e non mi dai noia. »

« Invece, ho proprio voglia di darti noia. » Cominciò ad abbracciarla e a toccarla; lei gli dava le botte sulle mani.

« Se non la smetti, prendi uno schiaffo. » Ma le veniva da ridere. Sarebbe finita come le altre volte se la padrona non avesse bussato per dire che il professore era desiderato al telefono.

CAPITOLO NONO

I TRENT'ANNI

Come aveva previsto Mario, il giornale in cui lavorava Ferruccio chiuse subito dopo le elezioni. Ferruccio non se ne preoccupò. A parte il fatto che riceveva soldi da casa, gli era stato promesso che l'avrebbero assunto nel quotidiano del partito. Alla peggio, avrebbe potuto riprendere l'insegnamento.

Quello di cui sentiva il bisogno era una vacanza al mare, la prima dopo anni. Anna si diede dattorno, e trovò da prendere in affitto una casetta a Fregene per la seconda quindicina di luglio. A Fregene in quello stesso periodo c'erano i Maiorana.

I primi giorni non li ricercarono. Erano sopraffatti dal benessere fisico. Vivevano beati. Prendere il sole, fare il bagno, cosa si poteva desiderare di meglio? La spiaggia a perdita d'occhio ricordava a Ferruccio quelle del litorale toscano dove andava a villeggiare da bambino. Anche a Anna risvegliava ricordi lontani: finché erano stati a Padova, erano andati tutti gli anni sull'Adriatico. Dopo che s'erano trasferiti a Roma, s'erano dovuti contentare di qualche gita a Ostia.

« Con chi ci andavi a Ostia? »

« Con mio fratello, con chi vuoi che ci andassi? Si andava sempre nello stesso bagno... Si cambiò, perché c'erano i buchi nelle cabine... Non fingere di non capire, ci avrai guardato anche tu. »

« Te, chissà quanti t'hanno guardata. »

« No, perché io la prima cosa che facevo entrando in una cabina era di vedere se c'erano buchi. »

« E se c'erano? »

« Li tappavo. »

« Chissà con che. »

« Con l'asciugamano. Bastava appenderlo a un chiodo... C'erano sempre una quantità di chiodi nelle cabine. Ma poi ci stavo attenta, mi spogliavo dove non potevo essere vista. »

« Allora perché cambiaste stabilimento? »

« Mio fratello faceva presto a prendere ombra... Bastava avesse l'impressione che mi stava dietro qualcuno... »

Era contenta che il fratello avesse riavuto il posto. Nei due anni in cui era stato senza impiego, s'era ingegnato facendo diversi lavori. Aveva messo a frutto la sua attitudine per la meccanica. Anna pensava che sarebbe stata quella la sua strada. Se il padre gli avesse consentito di continuare gli studi, avrebbe potuto essere ingegnere.

Non ce lo vedeva a fare l'impiegato, ma col diploma di ragioniere non aveva altre strade aperte. Non che Giorgio si lamentasse del suo stato. Ce l'aveva solo con chi gli aveva fatto la porcheria di epurarlo.

Nella casa che avevano preso in affitto c'erano due camere: Anna aveva pensato di dirlo al fratello, il mare avrebbe fatto bene al bambino. Non s'era risolta a dirglielo perché temeva che sarebbero nate discussioni di politica con Ferruccio.

Forse la ragione era un'altra, che si sarebbe sentita lei in imbarazzo. Era spregiudicata con tutti, anche con la madre, anche con lo zio Mario... Con Giorgio no. Come si sarebbe sentita in imbarazzo se si fosse rifatto vivo il padre.

« Qual è l'ultima persona con cui vorresti farti vedere insieme con me? »

« Cosa? » borbottò Ferruccio.

« Chi ti imbarazzerebbe di più incontrare quando sei con me. »

« Mio padre, forse » rispose dopo averci pensato.

« Anche per me, è mio padre. »

« Non capisco. Sono anni che non lo vedi... »

« Appunto per questo. L'ultima volta che venne a casa nostra, ero sempre ragazza; e rivederlo ora, dopo tutti questi cambiamenti che ci sono stati... »

« Già, dopo che hai avuto prima un marito, poi un amante... »

« A volte lo dici come se mi disprezzassi. »

« Oh, non ho voglia di fare questi discorsi. Si sta così bene al sole... »

Anna uscì prima di lui da quello stato di beatitudine. Siccome Ferruccio non aveva voglia di parlare, si cercò una compagnia. I Maiorana stavano lontano, e poi, ne aveva poca voglia anche lei di discutere di politica. Attaccò discorso con una ragazzina che era ospite dei genitori di una sua compagna di scuola.

« Perché non ci stai insieme? »

« Perché le piace andare in bicicletta. »

« E a te no? »

« C'è una bicicletta sola » spiegò la ragazzina. « E poi io sto più volentieri sulla spiaggia... In pineta c'è caldo. »

« Che scuola fate? »

« Il liceo. »

« Ma allora sei grande! Quanti anni hai? »

« Diciassette. Diciassette e mezzo. »

« Non ti si darebbero davvero. » Si rivolse a Ferruccio: « Tu, quanti anni le daresti? »

« Da com'è alta, direi diciassette diciotto. »

« Che c'entra l'altezza. Guardala meglio. Guardale il viso. Sembra sempre una bambina! » e le fece una carezza.

Aveva un viso curioso, forse per via dei denti di sopra un po' sporgenti: di profilo sembrava un coniglio. Era tutt'altro che brutta, però. Su invito di Anna, s'era messa a sedere sulla rena. Sedeva con le gambe incrociate, poi sollevò un ginocchio e ci s'appoggiò col gomito.

Ferruccio cambiò posizione per vederla meglio. Era graziosa non solo di viso, anche di corpo. Quella pelle liscia, lucida, faceva venire voglia di accarezzarla. Aveva le cosce affusolate e i ginocchi sporgenti. Addosso era piatta. Forse era stata proprio la mancanza del seno a indurre in errore Anna riguardo all'età.

Quelle forme fragili ispiravano tenerezza e desiderio insieme. Non s'era ancora scurita molto, ma si notava la differenza con le parti coperte, quando il costume si scostava lasciando vedere l'incavo del petto o l'attaccatura di una coscia. Quel costume poco aderente doveva essere una preoccupazione anche per lei: se lo toccava di continuo con la punta delle dita, per allungarlo e restringerlo, ed evitava di fare movimenti bruschi.

« Ascolta » gli disse Anna « senti quante cose sono venuta a scoprire sul conto di questa ragazzina. Si chiama Anna come me... »

« Io veramente mi chiamo Annamaria. »

« Ma a casa come ti chiamano? »

« Mi chiamano... È un modo che non ha nulla a che vedere col nome. »

« Non me lo vuoi dire? »

« No. »

« Vedi? È ostinata come me. Voglio dire, com'ero io alla sua età... » Sospirò: « Pensa, ci sono tredici anni tra me e lei... E di questi tredici anni, cosa ne ho fatto? Dieci, li ho buttati via... Non fare come me » disse alla ragazzina, quasi che l'avesse messa al corrente delle vicende della sua vita. « La gioventù, te la devi godere... Quando è passata, non c'è mica più nulla. »

« Già » pensò Ferruccio. La vita era implacabile... ci concedeva poco tempo. Bisognava saperne approfittare...

Il guaio era che uno veniva fermato dagli scrupoli, dal timore di nuocere alle persone...

« Uno dovrebbe soddisfare i propri desideri, e non curarsi d'altro. Io per esempio in questo momento di che ho desiderio? Di questa ragazzina... La vorrei accarezzare, le vorrei tirar giù il costume... »

« Andiamo a fare il bagno? » disse Anna.

« Sì » rispose lui. La seguì malvolentieri. Si voltò: la ragazzina si faceva schermo con la mano per continuare a guardarli. « Chissà... le sembreremo una coppia felice. Anna s'è conquistata le sue simpatie (lei riesce sempre a conquistarsi la simpatia delle persone), io magari le sarò apparso come un uomo fuori del comune... Quando si è molto giovani, le persone più grandi fanno a volte un'impressione straordinaria. »

Ricordò le prime apparizioni di Anna al campo: « Io portavo sempre i calzoni corti e lei era già una signorina... Io sudicio, sudato, e lei sempre composta, ordinata... ». Gli pareva di ricordare anche com'era vestita, con una gonnella bianca a pieghe e un golf celeste bordato di arancione... « La prima volta che mi rivolse la parola, mi prese il tremito... E quell'altra volta che giocò con noi e mi teneva per mano... un'emozione così forte non credo di averla più provata. E ora eccola lì, una donna di trent'anni... »

Ferruccio cercava di prolungare quello stato di beata incoscienza: non avrebbe voluto uscirne più. C'era ancora parecchio all'ora del bagno, ma lui non provava impazienza. Steso al sole con la testa all'ombra, sentiva quelle due che parlavano senza ascoltarle.

« Professore. Dico a te, professore. Mi vuoi rispondere o no? »

« Rispondere a cosa? »

Anna si mise a ridere:

« È distratto... chissà a che pensava ».

« Non pensavo proprio a nulla » borbottò lui. « È una settimana che se Dio vuole non penso a nulla. »

« Potresti fare un piccolo sforzo per Annamaria. Le ho parlato tanto di te. Le ho detto che sei l'uomo più intelligente che esista... »

Lui s'irritò:

« Dove come e quando ho dimostrato la mia intelligenza ».

« Intanto, nella politica. Mentre tutti erano fascisti, tu eri contrario. »

« Eravamo in tanti contrari. Per la verità, non è che ci volesse molta intelligenza a essere contrari al fascismo. »

« Ma tu sei anche un romanziere. »

« Un romanziere che non ha ancora scritto un romanzo... e che non ne scriverà mai... Ieri me n'è venuto in mente uno. Ho trovato anche il titolo: *I trent'anni.* »

« Di che si tratta? »

« Come faccio a dirtelo... per ora è solo un'idea. Non sarei in grado di buttar giù due righe. Per scrivere bisogna avere in testa dei personaggi, una vicenda, un ambiente... Io non ho in testa nulla. La mia testa è vuota. Magari restasse sempre così. »

Tornò a posare la fronte sul dorso dell'avambraccio. Non era vero che l'idea del romanzo gli fosse venuta in mente il giorno prima. Erano mesi che ci pensava. Aveva preso anche degli appunti. Troppi, forse. Comunque, gli appunti erano inutili, lo sapeva per esperienza.

Avrebbe potuto dire a Anna qual era la storia che aveva in mente di raccontare. Perché non gliel'aveva detto? Per timore che lei si opponesse?

Sapeva bene che non si sarebbe opposta. A volte lui s'era lamentato della condizione dello scrittore: che è spinto a scrivere delle cose che gli stanno a cuore, e nello stesso tempo non gli va di metterle in piazza. Soprattutto ha paura di offendere le persone a cui vuol bene...

Anna gli aveva detto che non doveva avere scrupoli. Almeno per quel che riguardava lei.

« Non ti offenderesti se ti riconoscessi in un mio personaggio? »

« Anzi, mi sentirei lusingata. »

« So per esperienza che le persone si offendono sempre. Te l'ho raccontato, no? che i miei genitori ci rimasero male quando lessero quei racconti in cui parlavo della mia infanzia... Così come si sono risentiti i compagni per quella specie di diario sul periodo passato in carcere. »

« Io non mi risentirei certo. Sarei anzi felice di averti ispirato un romanzo... »

Poteva anche darsi che non si sarebbe offesa. Era talmente vanitosa... Ma lui non aveva voglia di parlarle dei suoi progetti letterari. Non aveva più voglia di parlarle di niente. S'era lasciato sfuggire un accenno al romanzo solo perché era presente quella ragazzina.

Ecco, l'inizio del romanzo poteva essere la comparsa della ragazzina. E il confronto che il protagonista fa tra lei e la sua compagna... Di lì si sarebbe risaliti indietro nel tempo, al loro incontro davanti alla fermata della circolare; ancora prima, a quando s'erano conosciuti al campo...

La ragazzina veniva di continuo e ci stava ore. Parlava solo se le domandavano qualcosa. Sennò stava zitta ad ascoltarli. Se tacevano, li guardava: come se ne fosse affascinata.

Ferruccio lo fece notare a Anna:

« È in ammirazione davanti a noi ».

« Perché non dovrebbe esserlo? Siamo una coppia felice... »

« Siamo anche una coppia irregolare. Credi che se ne sia accorta? »

« Be', l'avrà visto che non portiamo la fede. »

La mattina dopo Annamaria capitò mentre era solo.

« E la signora? » domandò esitante.

« Ora viene. È andata a fare la spesa. Stamani s'è alzata un po' più tardi... Ma è già un miracolo che si alzi prima delle nove. A Roma si alza sempre dopo le dieci. »

« È che qui si va a letto presto » disse la ragazzina.

« Accomodati », e le indicò la sdraio: ma la ragazzina si mise sulla rena. Teneva una gamba ripiegata, l'altra stesa.

« Non uscite mai dopo cena? » le domandò Ferruccio.

« Non ci danno il permesso di uscire sole. Il padre della mia compagna è molto severo. »

« La tua compagna ha un fratello, vi potrebbe accompagnare lui. »

« Lui esce, ma per conto suo. »

« È poco cavaliere » osservò Ferruccio.

« Ha anche ragione a non volere uscire con noi. Si annoierebbe ai nostri discorsi... »

« Di che cosa parlate? »

« Oh, di niente. Cose che un giovanotto non lo possono interessare. »

« Parlate anche a letto? »

« No, lei appena spenta la luce si addormenta. Io invece sto tanto prima che mi venga sonno. »

« Cosa fai? Pensi? »

« Certo, cosa vuole che faccia? »

« Sono pensieri allegri, almeno? »

« Così e così » rispose la ragazzina, seria.

Stava arrivando Anna. Ferruccio si sdraiò; anche la ragazzina prese un'aria indifferente.

Anna si mise in poltrona. Ferruccio faceva finta di tenere gli occhi chiusi, ma ogni tanto dava una sbirciata alla ragazzina. Le guardava la gamba allungata. La teneva ferma, col calcagno però premeva sulla rena, e questo bastava a far trasalire i muscoli della coscia. Non sembrava nemmeno una coscia femminile, tanto era asciutta: piuttosto un coscio di animale. Risalì al punto in cui cominciava il costume. Le stava largo, ma avrebbe dovuto fare un movimento perché si aprisse. Si propose di non perderla d'occhio. « Possibile che mi sia ridotto così, a spiare una ragazzina nella speranza di vederle il grembo? » Era proprio questa l'idea del romanzo: i trent'anni contrapposti ai venti; l'età matura contrapposta alla giovinezza... Cadute le illusioni della giovinezza, che cosa rimaneva a un uomo?

« Se fossi libero » pensò. « Se non avessi commesso la stupidaggine di legarmi a questa donna. Ormai non la posso più abbandonare. Se l'abbandono, che fa? »

Era sicuro che avrebbe fatto una pazzia; che si sarebbe suicidata, magari. « Fosse più giovane, potrebbe trovarsi un altro. Ma comincia a essere troppo in là con gli anni... »

Più la loro relazione fosse andata avanti, meno avrebbe avuto la possibilità di lasciare Anna. « Dovrei decidermi subito, appena tornati a Roma... »

Non l'avrebbe abbandonata. Non avrebbe mai commesso un'azione simile. Per viltà, magari; per paura dei rimorsi...

Poteva solo concedersi il piacere di fantasticare. Fantasticare su come avrebbe potuto essere la sua vita se fosse stato libero...

« Potrei mettermi con Annamaria. Sono sicuro che ci starebbe, non fa che guardarmi. Prima, quando alzavo gli occhi su lei, distoglieva i suoi, rossa per essere stata sorpresa; ora non è più capace nemmeno di quello... Diventa rossa, ma continua a guardarmi... Povera Annamaria, forse sono il suo primo amore. Perché povera Annamaria? Beata lei, invece... È nell'età in cui ci si innamora. Per me quell'età è passata per sempre. Se fossi libero, la potrei anche sposare, ma solo per il desiderio che m'ispira... Non perché ricambi il suo sentimento... Anche a vent'anni, è inevitabile che il desiderio sopravvenga; ma l'amore comincia in un altro modo... Uno quanto meno non se ne rende conto, che l'amore è desiderio... Io da ragazzo quand'ero innamorato di Anna non mi sfiorava nemmeno l'idea del suo corpo... Certo, m'ero innamorato della sua figura, oltre che del suo viso... La rivedo sempre, con quella gonnella bianca a pieghe, quel golf celeste bordato di arancione... M'ero innamorato anche dei suoi vestiti. Ma non me la sono figurata mai nuda... Mentre questa ragazzina, la spoglio con gli occhi. La sola cosa che m'interessa di lei, è il corpo. Il grembo, e basta. Vorrei scoprirglielo. »

In quel momento, Annamaria cambiò posizione, il costume le si aprì, e lui intravide qualcosa. « È così, a trent'anni non c'è più che quest'ossessione » pensò con amarezza.

Guardò Anna, che gli sorrise. « Mi potesse leggere nel pensiero, non mi sorriderebbe certo. » Le faceva rabbia, che fosse in adorazione davanti a lui... « Mi crede un essere superiore... Invece sono basso, spregevole. Ma siamo tutti così. » E guardò con animosità la donna che gl'impediva di essere libero, anche se era una libertà di cui si sarebbe servito solo per compiere azioni ignobili.

Annamaria era partita. Salutandola, Ferruccio le aveva dato la mano per la prima volta. Erano rimasti un momento così... e lui s'era sentito rimescolare. Sia pure fugacemente, era tornato a provare l'emozione dell'amore.

La ragazza s'era allontanata, ma non aveva resistito al desiderio di voltarsi. Le si leggeva negli occhi la tristezza della separazione.

« È meglio così, Annamaria » avrebbe voluto dirle. « È meglio quando non succede niente. Tu per un po' penserai a me di continuo... sarai triste, ma ti sentirai anche felice. Avrai in mente l'anno prossimo. Vivrai con questa speranza, che ci ritroveremo al mare. Invece, non ci ritroveremo, e poi di qui ad allora ti sarà passata. Ma rimarrà sempre un bel ricordo per te. Ci potrai ricamare sopra, immaginandoti che l'amore era reciproco, che addirittura tu avresti potuto strapparmi a Anna ma non l'hai voluto fare. Che anch'io avrei rinunciato a te per nobiltà d'animo... »

Vedendolo pensieroso, Anna si avvide finalmente di qualcosa:

« Ti dispiace che Annamaria sia partita? ».

« No » rispose Ferruccio. Non mentiva: eliminata quella lieve ragione di turbamento, poteva sperare che sarebbe ripiombato nella beata incoscienza dei primi giorni.

« Eppure ti piaceva. »

« Era graziosa... non solo nella persona, anche nel modo di fare. »

« Di' la verità: te n'eri un po' innamorato. »

Ferruccio scosse la testa:

« È il tipo di ragazza di cui mi sarei potuto innamorare dieci anni fa ».

Anna non insisté, e lui non si credette in obbligo di spiegarsi meglio.

« Se penso che fra quattro giorni dovremo partire anche noi, e al caldo che ritroveremo a Roma, mi sento morire. »

Lui la guardò. Fece per aprir bocca, ma non disse nulla.

Non era il caldo a preoccuparlo. Era la decisione che avrebbe dovuto prendere. Tornare all'insegnamento? Ma ci si sarebbe potuto adattare, alla vita di provincia? Senza contare che lì, la sua relazione con una donna sposata avrebbe fatto scandalo. D'altra parte il solo pensiero di ricominciare a fare il giornalista gli dava la nausea. E in un quotidiano di partito, poi. Quando non ne poteva più della politica.

C'era un'altra possibilità, trasferirsi a Milano. Mario era tornato alla carica. Gli aveva scritto che poteva sistemarsi in una casa editrice, se non gli andava di fare il giornalista: « Sarebbe un lavoro adatto a te, che sei un sedentario. Un culo di pietra, come Molotov... ».

Anna non era contraria, sarebbe tornata volentieri nell'Italia settentrionale. Ma a lui l'idea di andare a stare in una città che non conosceva metteva sgomento.

Non era tanto il problema del lavoro a impensierirlo quanto quello del luogo dove abitare. Gli pareva di non poter più vivere da nessuna parte. Anche i luoghi che avrebbero dovuti essergli familiari, gli erano diventati estranei.

Gli era diventata estranea Roma. Gli pareva che avesse fatto un mutamento incredibile, in quei due anni. Sì, era cambiato tutto dopo che gli alleati erano entrati in Roma... Ormai ce n'erano rimasti pochi, ma la città non aveva più ritrovato il volto di prima.

« Sto con una donna che non amo più, vivo in una città che mi è diventata estranea, sono iscritto a un partito in cui non credo... Be', la politica ormai non conta: un partito o l'altro, fa poca differenza. Ma la donna conta, eccome se conta. Anche la città conta. » Ripensò a un verso di Esenin: *Sembro nel mio paese uno straniero.* Se lo ripeteva spesso, e non ricordando d'averlo letto, aveva finito col credere che fosse suo. Non che lui scrivesse poesie, al più gli nasceva in mente un verso isolato. Al massimo due: *Troppi sono morti, perché io possa vivere ancora...* Questi erano davvero suoi. Così aveva cercato di spiegarsi l'indifferenza in cui era caduto dopo la Liberazione. Era un evento che avrebbe dovuto riempirlo di gioia: invece, gli aveva fatto sentire l'inutilità di continuare a vivere.

« Io non ci tengo a rimanere a Roma » disse a voce alta. « È una città che non mi dice più niente... Meglio cambiare. Meglio andare in una città dove non sono mai stato... Non c'è un'estraneità che offenda tanto come quella dei luoghi che prima t'erano familiari. »

« Figurati se ci tengo io. Io il cuore l'ho lasciato lassù

nel Veneto... Più che a Padova, a Pieve di Cadore... »

« Anche quella dei luoghi di villeggiatura, è una nostalgia ingannevole. In fondo i luoghi ci sono tutti indifferenti... Anche quelli dove abbiamo trascorso l'infanzia, dove abbiamo trascorso l'adolescenza... A Roma ho abitato in centro, in Prati e in Via Salaria; e non sono rimasto affezionato a nessuno di quei quartieri... »

« È strano che sia tu a parlare così. Hai sempre detto che per te i luoghi avevano addirittura più importanza delle persone... »

« Niente è importante, questa è la verità. »

Anna fece un mezzo sospiro. « Speravo tanto che con queste vacanze ti saresti rimesso » disse dopo un po'.

« Di salute, mi sono rimesso. »

« Non senti più nemmeno un po' d'amore per me? »

Non si curò di risponderle. Anna continuava a pensare all'amore, alla felicità, quando la sola cosa da sperare era che la vita potesse essere ancora sopportabile.

Oltre un certo punto, non era consigliabile avventurarsi, perché i tedeschi avevano minato la spiaggia: già due uomini e un ragazzo ci avevano perso la vita. Anche la pineta poteva nascondere qualche insidia: meglio attraversarla per i passi battuti.

Queste notizie gliele aveva date un tale a cui s'erano dovuti rivolgere per essere riaccompagnati a Roma.

Era un uomo grasso, con una maglietta a righe trasversali. Stava seduto fuori della sua botteghina, facendosi vento con una frasca. Non si curò di alzarsi né di salutare, e rispose sgarbatamente alla richiesta che gli fece Ferruccio. « Cosa venite all'ultimo momento. Sono pieno d'impegni fino alla settimana prossima. »

« C'è un altro trasportatore qui in paese? » domandò Ferruccio.

« Sì, ma è fermo. Gli manca un copertone. »

« Di qui a domani se lo potrebbe essere procurato. »

« E chi gliele dà trentamila lire? Io, perché ho avuto la previdenza di comprarne due in più quando costavano la metà: sennò sarei a terra da un pezzo. »

Raramente una persona gli aveva ispirato tanta antipatia. Dalle sue parole, e più ancora dai suoi ammiccamenti, trapelavano la presunzione, la furberia, il compiacimento di sé. Era ripugnante anche nell'aspetto, calvo, con la faccia rossa, la maglietta che gli usciva fuori dai calzoni scoprendo la pancia. Era facile capire che in quegli anni s'era arrangiato benissimo.

Pure, bisognava umiliarsi a insistere, non c'era altro mezzo per tornare a Roma. « Domani pomeriggio ho due viaggi, uno alle tre e uno alle sei » disse tirando fuori un taccuino tutto spiegazzato.

« Dopo potreste accompagnare noi » intervenne Anna.

« Dopo quando? Io mica mi arrischio a viaggiare di notte. »

Continuavano a rimanere lì: in piedi sotto il sole, mendicavano un favore da quel miserabile. Anna ci faceva addirittura la graziosa.

« Siete voi due soli? »

« Sì. »

« Avete valige? »

« Una sola. »

« Se vi adattate a viaggiare chiusi dentro, vi posso portare domani alle tre. Cinquecento lire d'anticipo » disse tendendo la mano.

Ferruccio andò a casa a prenderle. Tornando non li vide. Erano dentro la bottega: l'uomo stava mostrando qualcosa a Anna.

Dovette aspettare che avessero finito. Sulla spiaggia la rimproverò:

« Era proprio il caso che ti ci mettessi a chiacchierare ».

« Se non fossi stata un po' gentile, non ci avrebbe fatto il piacere di portarci. »

« È proprio un piacere che ci fa. Guadagna il doppio portando due famiglie... Faremo davvero un piacevole viaggio. Il furgoncino a quell'ora sarà un forno... Scommetto che vomiti, come all'andata. »

« Va bene, vomiterò. »

« Tu hai il vizio di metterti a parlare con la prima persona che incontri. Muori dalla curiosità di sapere chi sia, che cosa faccia... »

« Anche la curiosità è un modo di interessarsi agli altri. Tu non sei curioso perché non te ne importa niente di nessuno. »

« Quello là c'era proprio bisogno di domandargli le cose per sapere com'è. Basta guardarlo... Ne deve aver fatte di tutti i colori, in questi due anni. Scommetto era di quelli che procuravano anche le donne, agli americani. »

« Mentre tu non c'eri mi ha parlato della sua famiglia. Aveva tre figli, tutti maschi, ma uno gli è morto in guerra, uno di malattia e l'ultimo ha avuto la paralisi infantile... »

A cena gli disse:

« Tu sei spietato con la gente ».

« Io ho un cervello e l'adopro: è tutta qui la mia colpa. »

« Non si ha il diritto di giudicare gli altri. »

« Storie. Anche tu, non fai che dar giudizi. Pensare è giudicare: bisognerebbe smettere di pensare per smettere di giudicare. »

« Per lo meno, non bisognerebbe giudicare dall'apparenza. »

« Senti, se è di quel tale che stai ancora parlando, allora ti dirò: primo, che mi è cordialmente antipatico; secondo, che è un villanzone, un lestofante e un ruffiano... Che poi abbia avuto delle disgrazie, è una cosa che non cambia nulla. »

« A me quei tipi lì sono simpatici » lo contraddisse lei.

« Quei tipi lì, come? »

« Quelli che vivono alla giornata. Che oggi fanno un lavoro, domani un altro... Lui m'ha detto d'aver fatto tutti i mestieri. Anche il borsaro nero, sì... Non so proprio perché tu ce l'abbia coi borsari neri. È gente che s'è arrangiata. Si fa presto a parlare quando si ha come te un padre benestante... »

« Non cambiare discorso. Io t'avevo detto che non mi va che tu dia confidenza agli sconosciuti... Potresti anche ritrovarti male. Sì, qualcuno potrebbe anche fraintendere le tue intenzioni... »

« Sei tu che cambi discorso. Perché non mi dici apertamente che non mi puoi più vedere? »

Era diventata rossa, le mani le tremavano... C'era da aspettarsi una crisi di pianto.

« Possiamo separarci anche domani, appena si torna a Roma. Io non ci penso davvero a trattenerti. Vattene, se te ne vuoi andare... »

Ferruccio la guardò. Non l'amava più, ma non l'avrebbe lasciata: era il solo viso ancora familiare.

SOMMARIO

BUR
Periodico settimanale: 28 gennaio 2004
Direttore responsabile: Rosaria Carpinelli
Registr. Trib. di Milano n. 68 del 1°-3-74
Spedizione in abbonamento postale TR edit.
Aut. N. 51804 del 30-7-46 della Direzione PP.TT. di Milano
Finito di stampare nel gennaio 2004 presso
il Nuovo Istituto Italiano d'Arti Grafiche - Bergamo
Printed in Italy

HH 16489189
S 00002564
TROPPO TARDI
1°ED BUR
NARRATIVA
CARLO
CASSOLA
RIZZOLI
MILANO

ISBN 88-17-00132-5